Ernst Hunziker isch im Jahr 1955 z Boltige, im Sime-
tal, gebore. Nachere Lehr als Spängler-Installateur
isch er zum Tal us u läbt syt 1980 ufem Bödeli, em
Gebiet zwüschem Thuner- u Brienzersee.

Gwärchet het er ufem Flugplatz Interlake als Flug-
zügspängler u später bi der Gmeind Interlake als Aa-
lage- u Materialwart bi der Füürwehr. Ab 1999 isch
er Kommandant vo der regionale Zivilschutzorgani-
sation Jungfrou gsy.

Mittlerwyle isch er pensioniert.

Syt Jahre schrybt er Mundartgschichte, Romän,
Krimis u o Volkstheater.

D Büecher sy im Buechhandel erhältlech. D Thea-
ter bim Elgg Verlag in Belp.

Wyteri Informatione über e Outor u sys Schaffe
stöh uf der Websyte www.ernsthunziker.ch

Ernst Hunziker

Adväntszyt

Wiehnächtlechi
Gschichte u Sprüch

Bibliografische Information der Deutschen
Nationalbibliothek:
Die Deutsche Nationalbibliothek verzeichnet diese
Publikation in der Deutschen Nationalbibliografie;
detaillierte bibliografische Daten sind im Internet
über http://dnb.dnb.de abrufbar.

2011, 2018 neue, überarbeitete Auflage
© Ernst Hunziker
Senggigässli 35
3800 Matten
ernsthunziker@icloud.com
www.ernsthunziker.ch

Herstellung und Verlag:
BoD- Books on Demand
Norderstedt
Printed in Germany
ISBN: 9783748146537

Inhaltsverzeichnis

D Wiehnachtsgschicht
nach em Lukas Evangelium

(Us der Bärndütsche Bibel, übersetzt vo der Ruth Bietenhard)

I dere Zyt het der Cheiser Augustus befole, me söll i sym Rych e Stüür-Schatzig dürefüere. Das isch denn ds erschte Mal passiert, wo der Quirinius isch Landvogt vo Syrie gsy.

Da sy alli uf d Reis, für sech ga la yzschetze, jede a sy Heimatort. O der Josef isch vo Galiläa, us der Stadt Nazaret, nach Judäa gwanderet, i d Davidsstadt, wo Betlehem heisst. Er het drum zu de Nachfahre vom David ghört. Dert het er sech welle la yschetze zäme mit der Maria, syr Brut. Di het es Chind erwartet.

Wo si dert sy aacho, isch d Geburt nache gsy u si het ihren erschte Suhn übercho. Si het ne gwicklet u i ne Chrüpfe gleit. Es het drum für se süsch kei Platz gha i der Herbärge.

I der glyche Gägend sy Hirte ufem Fäld gsy, wo d Nacht düre bi ihrne Tier Wach ghalte hei. Da chunnt en Ängel vo Gott, em Herr, zue ne un e hälle Schyn vo Gott lüchtet um sen ume. Si sy natürlech starch erchlüpft. Aber der Ängel seit zue ne:

«Heit nid Angscht, lueget, ig bringe nech e guete Bricht, e grossi Fröid, wo ds ganze Volk aageit. Hütt isch i der Davids-Stadt öie Retter uf d Wält cho. Es isch Chrischtus, der Herr. U a däm chöit dirs merke: Dir findet das Chindli gwicklet u inere Chrüpfe.»

Uf einisch sy umen Ängel ume grossi Schare vom Himelsheer gsy, die hei Gott globt u gseit: «Ehr für

Gott i der Höchi un uf der Ärde Fride für d Mönsche, won är lieb het.»

D Ängel sy wider im Himel verschwunde. D Hirte hei gseit: «Mir wei doch uf Bethehem yne die Sach ga luege, wo da passiert isch u wo nis der Herr het z wüsse ta.»

Si hei pressiert u hei d Maria u der Josef gfunde u ds Chindli i der Chrüpfe. Si hei ihns aagluegt u nächär zäntume erzellt, was ne vo däm Chind isch gseit worde.

U alli, wos hei ghört, hei sech verwunderet über das, wo d Hirte brichtet hei.

D Maria het alls, wo gscheh isch, im Härz bhalte u geng wider drann ume gsinnet.

D Hirte sy wider zrugg zu ihrne Tier u hei Gott globt u grüehmt wäge allem, wo si erläbt hei; es isch gnau so gsy, wie nes der Ängel gseit het gha.

I ha uf ds Liecht gwartet,
aber vilecht isch ds Warte scho ds Liecht.
I ha uf d Erfüllig gwartet,
aber vilecht isch d Sehnsucht scho d Erfüllig.
I ha uf d Fröid gwartet,
aber vilecht sy d Träne scho es Läbeszeiche gsy.
I ha uf Gott gwartet,
un es Chindli isch uf d Wält cho.

Andrea Schwarz

E stilli Nacht un es nöis Jahr

I wünsche Dir e stilli Nacht un es nöis Jahr. Eva

Der Daniel steit vor der Poscht u luegt no einisch uf das Chärtli, won er vori zum Umschlag usegno het. Vore druffe e ganz eifachi Cherze – ja, e lächerlech eifach zeichneti Cherze, dünkts ne. Ufem gfaltete, wysse Blatt en Umriss i schwarz, e Dache mit silberiger Farb. D Flamme i gälb. Nid emal usgfüllt.

«Tüppisch d Evle», mofflet er. «Oberflächlech. Schludrig. Eifach. Ja: billig, sogar! E stilli Nacht un es nöis Jahr.» Är schüttlet ergerlech der Chopf.

Zum Glück chan er jetze sys Poschtfach zuetue. So chunnt er use us syre Grüblerei über das Chärtli. Was söll er jetze? Am Namitag am Drü. Es isch scho fasch fyschter. Un es schiffet.

«Das git so ne richtig verschissne Wiehnachtsaabe», meckeret der Daniel zu sich sälber. Schirm het er kene, drum schlat er der Mantelchrage ueche u zieht der Rissverschluss bis zum Chini zue.

Vo wäge «Stilli Nacht»! Lueg di doch einisch ume: D Bahnhofstrass isch voll vo Outo. D Lüt jufle i d Läde yne, wie we si Angscht müesste ha, es gäbi se nächschts Jahr nümme. Vollpackt stüre si nächär em Fuessgängerstreife zue u näh dert der Chrieg mit de Outofahrer uf. Wüssend, dass si im Rächt sy – ömel so lang si no nid under emene Chare lige …

Der Daniel überleit geng no, was er jetze no söll undernäh. D Beize wärde sech langsam fülle un er wott o a d Wermi. Är steckt das Chärtli i Mantelsack. Luschtlos stapfet er em Stärne zue.

«E Stange bitte», seit er zu der Silvia, wo ne lieb aalächlet.

«Ja, du chasch scho lächle», dänkt er, won er gseht, dass der Erich am Näbetisch hocket. Mängisch geits scho komisch zue u här uf dere Wält. Da het dä Erich e Fründin, läbt es paar Jahr mit ere zäme u plötzlech gsehsch ne i der Beiz am Tisch hocke. Mit verstrublete Haar umene Gring, wie wen er a der eigete Beärdigung wäri gsy. Si heigi ne uf d Strass gsetzt. Si wölli ne nümme. Meh het me nid verno – es isch o nid nötig gsy. Jede vo syne Kollege het meh oder weniger gwüsst, was er dermit meint. U di Unerfahrenere hei z mindscht gseh, wies em Erich z Muet isch.

Es paar Tag später gits e Wächsel i der Servierfrouschaft im Stärne. Ds Portugiesli geit u d Silvia chunnt. D Silvia isch en Yheimischi. Isch e chli rundlech u isch ganz e ufgstellti Frou. Es richtigs Sunneschynli, mitts i dere Männergsellschaft. Der Erich findet sofort Gfalle a ihre – u das Gfüehl schynt gägesytig gsy z sy. Jedefalls isch es nume es paar Tag ggange u der Erich het wider glächlet.

Es bysst der Daniel. Nid so, dass er sech müessti chratze. Nei, es bysst ne innerlech. Der Erich, wo scho nach so churzer Zyt wider a d Wermi cha, un är, der Daniel, wo syt mängem Monet a der Chelti usse steit. O si hei zäme gläbt. D Eva un är. U o si het nümme wölle. Är syg ere z läblos, het si gseit. Si müessi chli meh Gsellschaft u Unterhaltig ha.

Är zündet e Zigarette aa u nimmt e grosse Schluck Bier.

«Was hesch, Dänel?», hout ne jetze der Fränzel aa. «Dänksch a di zweiti Million, nachdäm der di Erschti abverheit isch?», fragt dä wyter. «Oder gspürsch di heilegi Zyt?», chunnt scho di nächschti Frag.

Der Daniel probiert gar nid z antworte. Erschtens, wil er chuum derzue chiem u Zweitens, wil, wen er de öppis würdi säge, der Fränzel sowiso nid würdi zuelose. Aber me kennt ne ja, dä Läbesturbo. Är het e Schnure wie nes Maschinegwehr. U mit syne rotbrune Haar, würkt er dopplet aagriffsluschtig.

Im Momänt schynt er ke Fründin z ha. Bi Fränzel merkt mes guet, we wider eini umen isch. De trinkt er Mineralwasser u würkt vil ruehiger. Wen er de wider solo isch, u das chunnt inere gwüsse Regelmässigkeit vor, wils wahrschynlech keni über lengeri Zyt mit ihm ushaltet, de fat er aafa Biere u mit jedem Schluck nimmt sy Drang z lafere massiv zue. U so chunnts de öppe vor, dass sech der Stammtisch im Stärne läärt, wil ihm kene meh mag zuelose.

Der Daniel het gar ke Luscht, sech uf ene Diskusion mit em Fränzel y z la. Drum wartet er e Phousen ab, für mit em Wali es Gspräch aazfa. Är isch zwar nid eine, wo vo sich us e Diskussion füehrt, aber i so Situatione gits nume die Müglechkeit, dä Laferi los z wärde.

«Heschs schön gha i de Ferie?», fragt der Daniel.

Wali dräit d Zigarette i de Fingere, nimmt e Schluck Rosé – är trinkt nume Rosé, dä aber i rächte Mängine – u seit mit syre ruuche, rouchige Stimm: «S isch einisch meh super gsy!»

U jetze brichtet er vo Sunne, Strand, Ässe u ja – natürlech ghört das bi ihm o derzue – vo Froue. Wie schön, u wie lieb, u wie billig u so.

Der Daniel schyssts aa. Eigetlech hätt er sölle wüsse, was uf sy Frag für ne Antwort chunnt. Aber er het ja schnäll müesse reagiere, für Fränzel los z wärde. U drum isch ihm nüüt Gschyders i Sinn cho. Är tuet derglyche, wie wen er würdi zuelose, nimmt aber nume no Gsprächsfätze uf. Wali merkt das nid. Der Rosé zeigt scho sy Würkig.

U Würkig zeigt bim Daniel jetzte o ds Bier. Är mues ga Wasser löse. Ufem Wäg zu der Toilette begägnet ihm der alt Petschli. Jesses, wie gseht de dä us! E versoffene Gring het er ja scho syt Jahre. U di roti Nase – me weis nid, chunnt si vo syre Aarbeit als Strassewüscher oder vom Alkohol – lüchtet hütt bsunders starch.

«Wie tuets?», isch em Daniel sy Verlägeheitsfrag.

«Wiehnachte!», lallet dä elter Mändel. Meh gits vo ihm nid z ghöre.

Ja, Wiehnachte!

Während der Daniel sy Blase läärt, chunnt ihm ds Chärtli vo der Eva wider i Sinn: I wünsche Dir e stilli Nacht un es nöis Jahr. So eifältig!, dänkt der Daniel wider. E stilli Nacht! Hie bi üs sy d Nächt ja sowiso still. Da gits also nüüt z wünsche. Un es nöis Jahr chunnt ja o outomatisch. Früecher het er albe e «warmi», e «fröhlechi», oder e «bsinnlechi» Wiehnachte gwünscht übercho. Hütt eifach nume e stilli Nacht. U mit de Nöijahrswünsch? «Guet» isch ds Mindschte gsy, won ihm isch gschribe worde. «Glücklech», oder «E guete Rutsch» sy wyteri Wünsch gsy. U jetze eifach: «es nöis Jahr».

«Billig!», fahrts ihm wider düre Chopf. D Evle wünscht ihm eigetlech gar nüüt. Floskle! Eifach e schäbegi Charte, für ds Gwüsse z beruehige.

«Bring mer no ne Stange!», befiehlt er chli ergerlech, won er i d Gaschtstube zrugg chunnt. Är setzt sech wider a sy Platz.

Underdesse isch der Hans a Tisch zueche ghocket. Das het der Daniel gfröit. Der Hans isch ihm e liebe Kolleg, wil dä sy Läbeserfahrig – u de weis Gott nid e eifachi – het i Läbeswysheit umgsetzt. Aber nid dass er dermit würdi ga husiere. Nei, der Hans isch eifach da, we ne öpper brucht. Hilft mit eifache, liebe u verständnisvolle Wort.

«I ha vo der Evle es Chärtli übercho. Di Zwätschge wünscht mer e stilli Nacht un es nöis Jahr. So ne Quatsch!», lat jetze der Daniel bim Hans sy Fruscht use. Dä reagiert e Momänt lang nid, seit du aber: «Hesch es byder?»

Der Daniel chnüblets füre.

Hans muschteret das eifache Chärtli lang u seit du: «Sehr schön het das d Eva gmacht!»

Der Daniel wird unsicher. We ihm öpper Anders di Antwort ggä hätti, hätt er dämjenige gseit, was er für ne Schwachchopf syg. Bim Hans het er das nid chönne, u o nid wölle.

«Hesch nid gmerkt, was si dermit het wölle säge?», fragt der Hans. «Wiehnachte! Eine geweihte Nacht – wärs eigetlech. U was hei mer drus gmacht? Gäld, Stress, Hektik, Hass, Ungeduld u Egoismus. U was het das alls no z tüe mit dere gweihte Nacht? Gar nüüt! I dere Zyt wünsche mir üs gägesytig e gsägneti, e fröhlechi, e warmi, e härzlechi, ja, e fridlechi Wiehnacht. Myr Hüchler! Ds Einzige wo mir üs sötte wünsche – u da het äbe d Eva ganz rächt – isch: e stilli Nacht. Dass mer villicht no es Bitzeli chönnte rette, vom eigetleche Sinn vo dere Nacht. U dä Sinn isch Weihung. Mir wärde ygweiht i dere Nacht. Ygweiht i d Liebi. Ygweiht vo eim, wo isch cho, nid nume für vo Liebi z brichte, sondern Liebi z gä, Liebi z schänke, Liebi z läbe. Wil mir aber zersch müesse lehre üs gärn z ha, bevor mer chöi Liebi gä, bruchtis als Vorussetzig, dass mer ruehig wärde. Dass mer still wärde. Dass mer chöi i üs gah. Ersch denn hei mer d Müglechkeit z empfa u wyter z gä, was mer i dere Nacht hei übercho.

Drum Daniel: D Eva isch ke Zwätschge. Si wünscht dir e stilli Nacht un es nöis Jahr. Das wäri eigetlech alls, wos für die Zyt z wünsche gieb. Nüüt Glänzigs, nüüt Lüchtends, nüüt wo lärmet. Eifach di stilli Nacht.

U die stilli Nacht sötti üs o i ds nöie Jahr begleite. Wil mer o ds nöie Jahr mit Liebi sötte aafa. Nid mit Hektik u Lärme.»

Am Tisch isch es für churzi Zyt still bblibe. Jede wo dert ghocket isch, het meh oder weniger mitübercho, was der Hans gseit het. U de Meischte isch di Red ygfahre. Aber der Lärme vo de Näbetische het du di fasch chli fyrlechi Stimmig aafa überdecke. Fränzel het wider glaferet. Wali het sym Nachbar öppis vo «Thai Food» verzellt u der alt Peter het wyter a sym Bier ume gnüggelet.

U der Daniel?

Dä het zahlt u isch hei zue trappet.

Är isch niemerem begägnet. Das isch o guet gsy so. Ufem Wäg düre Wald dür het er Rueh gfunde. U di Rueh het ne ver-söhnt mit der Eva. Är het uf ds Mal gspürt, dass er hütt am Aabe niene meh häre mues, für ga Wiehnachte z fyre. Wiehnachte isch i ihm inne gsy. Nume öppis het er no wölle erledige: e Telefonaaruef.

«Hallo Eva!», seit er mit trochener Stimm.

«Hallo Dani», erwideret d Eva überrascht.

«Du, i mues der säge, dass mi dys Chärtli sehr, sehr gfröit het. Das isch lieb vo dir», bringt er no über d Lippe.

«Es fröit mi, dass dus verstande hesch», chunnt d Antwort.

«Ja, es het zwar chli öppis brucht, aber jetze weis i, was du dermit gmeint hesch. O i wünsche dir e stilli Nacht – u natürlech o es nöis Jahr.»

Was i dir zum Advänt möchti schänke?
E Orgeleton gäge fyschter Morge,
my Atem gäge Bysluft vom Tag,
Schneeflocke als Stärneverheissig am Aabe.
Un es Wägliecht für e verlornig ggloubt Ängel,
wo üs mitts i der Nacht d Widergeburt
vo der Liebi verchündet.

Christine Busta

Schneehärz

«I mues chli ga schnufe», het d Sonja gseit, wo si ihm erklärt het, dass si mit ihrer Kollegin für vier Tag i Schwarzwald göng. Un är het se verstande. Är het gwüsst, dass d Situation für sy Frou nid eifach isch. Si isch nöi u ungwanet.

Vierzg Jahr lang isch är, Tag us u Tag y, jede Morge ga wärche u isch ersch am Aabe wider hei cho. Als ganz eifache Arbeiter het er i der Molki aagfange. Zersch i der Spedition, de i der Buechhaltig. U dert isch er bblibe. Isch ufgstige bis zum Prokurischt. «Eigetlech isch das e schöni Zyt gsy», dänkt er chli wehmüetig zrugg. Ömel e Gregleti. Är het sälte Überstunde gmacht u isch sälte früecher ga wärche. U het o sälte später ufghört mit wärche. Eigetlech nume denn, we der Abschluss isch nache gsy un är em Diräkter het müesse – oder äch nume wölle? – müglechscht schnäll di aktuellschte Zahle ablifere.

Aber die Zyte sy jetze verby. Syt guet emene halbe Jahr isch er pensioniert. Är gniesst die Zyt i volle Züüg. Me seit eigetlech, dass di Pensionierte afe einisch füf Monet Ferie machi. U de müesse si wider öppis aafa tue. Bi ihm het das nid gstumme. Är isch scho meh als füf Monet deheime – u tuet nüüt. Grad nüüt cha me zwar o nid säge. Schliesslech hilft er im Hushalt da u dert mit. U dass er nid der Gschicktischt isch, das het d Sonja scho vor der Pensionierig gwüsst. Nume äbe. Ds Einte isch ds Wüsse. Ds Andere isch ds dermit chönne umgah. Es lächeret ne, wen er zrugg dänkt, wien er ihre ds erschte Mal gseit het: «Los, hütt wöschen ig! Schliesslech bin i jetze pensioniert u ha Zyt für settigs.»

D Sonja het chli stober dry gluegt. Si het ihm du glych erklärt, wie d Wöschmaschine funktioniert u mit was für ere Temperatur är di Wösch sölli starte. Das isch du für ihn o kes Problem gsy. Won er aber du di letschte Socke am Ufhänke isch gsy, isch Sonja im Tröchnirum erschine u het ihm rächt dezidiert erklärt, dass sy Ufhänkerei bim Glette gwüss fasch meh z tüe gäbi, als wen er di ganzi Wösch eifach a eim Huffe würdi la tröchne. Das het ne zwar chli möge. Aber är het d Sonja kennt. Sie het das wohl grediuse gseit, aber glychwohl so, dass er gspürt het, dass er ke Schuld treit, sondern eifach nume e Fähler gmacht het.

Drum het er se ja o so gärn gha, all di Jahrzähnt düre. U drum het er o Verständnis gha, wo si het gseit, si müessi chli ga schnufe. Är isch sech bewusst gsy, dass dür d Pensionierig für sy Frou vil meh gänderet het, als für ihn. Won er no gwärchet het, het si ihre Tag völlig frei chönne gstalte. U jetze isch da öpper, wo wott mithälfe, mitrede, mitdänke. U mängisch halt o dryrede. Das het i der letschte Zyt öppe zu Rybereie gfüehrt. Aber nid zu Böse. Nei, si sy sech syt Jahre gwanet gsy, Chnörz mitenand z bespräche. U Lösige u Wäge z finde, für gmeinsam chönne wyter z gah. Aber d Situation isch halt nid eifach gsy. U si isch o nid eifach so z ändere.

Är luegt zum Fänschter us. Dusse schneierlets ganz fyn. A sym Rügge macht sech d Wermi vom Schwedeofe bemerkbar. Es knischteret dinne u flöcklet dusse. Är lat sy Seel la bambele. Lat se la weide. Seelefride. U si flügt use i di wyssi Pracht. I di fridlechi Wattewält, da vorem Huus. Under der Schneedechi ligt der Rase, erholt sech vo de Summerstrapaze u reicht sech Chraft für ds nächschte Jahr. Der Schnee dienet ihm als Isolation vor der Chelti. U chalt isch es dusse.

Är tuet d Tür zum Sitzplatz uf u chlöpferlet a Thermometer: «Potz mänt Änneli!», entfahrts ihm. «Fasch zäh Grad under Null!»

Är geit i Husgang zrugg, reicht der Schaal, der Mantel u leit di höche Schue aa. Für was, weis er zwar nid. Es dünkt ne eifach, der Tag wäri nid volländet, wen er jetze nid no es paar Minute verusse im Schnee würdi stah.

Chli wehmüetig bsinnt er sech a sy Jugendzyt. A die Zyt, won er mit syne Gschwüschterte het Schneeballschlachte gmacht. Wo si zäme Schneehöline boue hei. U a später, won er mit hochrotem Chopf di erschte Buechstabe vom Name u vom Vorname vo sym Schuelschatz het i Schnee gchriblet.

Är lachet. Un er dänkt o a dä Tag, won er d Sonja het glehrt kenne. Si hei beidi sofort gspührt, dass si zäme ghöre. Si hei sech gärn übercho. Är bsinnt sech, dass er, churz nachem erschte Schnee, ufemene Fäld der Sonja es riise Härz i di wyssi Pracht träppelet het. Es isch zwar chli schepps usecho, aber d Sonja isch fasch usgflippet vor Fröid.

«Hinecht chunnt si zrugg. Söll i ihre jetz äch o wider es ...», wyter het er gar nid dänkt. Oder ömel nid wyter i der Usfüehrig. Wil: ds «was würde ömel de o d Nachbure dänke, we se mi würde gseh es ...?», het ds Dänke i ihm inne sofort gstoppet. Aber der Stachel isch gsteckt. Töif inne!

«Ja, was göh mi d Nachbure aa? Schliesslech han

ig my Sonja gärn. U nid die!», probiert er sech z sterche.

U glych: «Stell dir vor. Du als pensionierte Gstabi träppelisch vor dym Huus es Härz i Schnee. Chumm wider ufe Bode u blyb vernünftig», beändet er sys Hin u Här.

Aber äbe: We einisch es Sämli Würzli gmacht het, lat es sech sälte meh vertrybe. U so isch es o ihm ergange.

«Warum o nid?», seits i ihm inne trotzig. «Schliesslech bisch du en erwachsene Mönsch. U das hie isch dys Eigetum. Mit däm chasch du mache was du wosch. Du chönntisch der Schnee sogar rot aafärbe, we de wettisch. Das gieng niemer öppis aa.»

«Du Gali! Di chieme di ja mit em gälbe Wägeli cho reiche, we du wie nes Schuelchind im Schnee würdisch desume träppele. Du, der ehemalig Prokurischt», meckeret d Vernunftsyte.

Är wird unruehig. Am Liebschte möcht er di ganzi Träppelerei uf d Syte schiebe u yne ga em Füür zueluege. Aber äbe: D Sonja chunnt nächschtens hei! U so ne Überraschig, so ne Liebeserklärig, das wärs doch!

«Si würdi di doch uslache, we si würdi gseh, was ihre füfesächzg jährig Maa für Spinnereie macht», mäldet sech sys Innere wider.

«Nei, das würdi si nid!» – «Mohl, das würdi si!», rüefts hin u här i ihm inne. Är isch scho fasch chli sturme ab all däm Wärweise. Schliesslech wägt er ab. U kämpferisch seit er zu sich: «O we mi alli Nachbure uslache wäge mym chindleche Tue, u o we alli dänke, i sygi total düre bi Rot, o we ab hütt alli wärde

Bedure ha mit mym Geischteszuestand: I träppele jetze es ganz grosses Härz i Schnee. U zwar eis, wo nid tschärpis isch. Eis vomene geng no verliebte Maa. U eis, wo d Sonja cha lache oder cha gränne drüber. Mir isch das glych. Es Härz mues jetze i dä Schnee. Ghoue oder gstoche. – Sonja, i ha di gärn!»

Der gröscht Teil vo syne Gedanke sy Gedanke bblibe. Aber der letscht Satz het er so lut usebrüelet, dass d Nachbure erchlüpft sy drab. Die hei nämlech scho lang beobachtet, wien er unschlüssig ufem schneebedeckte Rase isch gstande. U si hei sech gfragt, was äch dä bi dene Temperature ömel o vor em Huus wölli.

Won er du nach dere brüelete Liegbeserklärig no het aagfange im Schnee desume stampfe, isch rundum niemer meh drus cho. Drum hei si langsam d Vorhäng a de Fänschter wider zue zoge.

Sys Wärch het nume no d Sonja gseh. Nöij Flocke hei das Schneehärz während der Nacht zuedeckt. Ds Gfüehlshärz aber, das isch ne bblibe. Das het ne niemer chönne näh.

Wo chiemte me hi
Wenn alli seite
Wo chiemte me hi
U niemer giengti
Für einisch z luege
Wohi dass me chiem
We me gieng

Kurt Marti

D Jutta

Fyschter isch es, won er düre Tannewald träppelet.
Der Schnee gyret under syne Schue – süsch ghört me
nüüt. Still isch es. U chalt. Bitter chalt. Der Hans isch
aber guet ypackt. Sy alt, währschaft Mantel het zwar
afe chli abgschabeti Flächine. Di dunkelblaue Moon
Boots entspräche o nümme grad der hüttige Mode u
di graue Händsche hei o scho besseri Zyte gseh. Aber
warm gäbe si no geng, di Chleidigsstück. U das isch
für ihn d Houptsach. Ds schwarze Zöttelchäppi, wo
em Mandli syner wenige graue Haar zuedeckt, git
ihm der Usdruck vo Luschtigkeit u syner lüchtende
Öig-li versterche dä Ydruck no. Zu Unrächt, wien er
findet. Ihm isch es nämlech ganz u gar nid um lusch-
tig z sy. E risegrossi Truurigkeit belaschtet ne. U di
Truurigkeit het ne i Wald tribe. Truuregi Gedanke –
schwäri Gedanke sys, wo ne plage. Natürlech weis
er, dass alls einisch es Ändi het. O sys Läbe wird ei-
nisch verby sy – im Momänt wärs ihm glych, we das
Ändi grad jetze chiem. Sy Truur het e töife Grund.
Un är probiert, so guet er cha, das z ordne, wo als
Gstürm under sym Zöttelchäppi wüehlt.

«Früecher. Ja, früecher! Da het no alls gstumme!
Da het no alls e Sinn gha. Da isch ds Läbe no läbens-
wärt gsy. Da han i gwüsst, für was, u für wän i läbe»,
brummlet er i sy grau Bart yne.

Sy Frou, ds Elsi, un är sy zwar nid grad es Troum-
paar gsy. Är isch vo Art här ehnder der läbesluschtig
Maa. Sys Froueli hingäge isch meh es Stubehöckli
gsy. Mit lisme, chüechle, baschtle u läse het sech sy
Frou i der Freizyt beschäftiget. Der Hans het ehnder
em Jasse un em Chegle gfröhnet. Mit Kollege zäme

sy, es Glas Wy trinke, derzue e Pfyfe rouke – das si syner Vergnüegige gsy. Aber weder är, no ds Elsi, hei sech der Wäg versperrt.

Gredt isch nid vil worde bi Huebers. Was nötig isch gsy, het me gly bbrichtet gha. U über Unnötigs het ds Elsi nid möge Wort verliere. U so het o der Hans glehrt schwyge. Chind hei si kener gha, obwohl si sech i junge Jahre Nachwuchs gwünscht hätte. Aber es het nid sölle sy. Mit der Zyt hei si sech o dadermit abgfunde.

Der Hans het fasch sys ganze Läbe lang i der Sagi gwärchet, wo im Dorf, unde am Bach steit. Syt es paar Jahr isch er pensioniert un er het chli meh Zyt für sys wytere Hobby z pflege: d Chüngeilzucht. Mit dene Tierli het er scho a verschidenschte Usstellige Prise gwunne.

Ds Elsi het jahrelang Heimarbeit verrichtet u het so zum gmeinsame Ykomme bytrage. Dür das hei si sech das chlyne Hüsli chönne leischte. Ihres Heim isch zwar a der lärmige Houptstrass gstande. Aber wie i mängs Andere in ihrem Läbe, hei si sech o i das drygschickt. Um ds Hüsli um hets gnue Platz gha, für dass der Hans het chönne Chüngle züchte. U o für e Bläss het der Umschwung glängt.

Ja, der Bläss!

Lueget jetze! Em Hans syner Öigli wärde ganz füecht. Träne loufen ihm d Backe z dürab. Was het er äch? Är blybt stah u leit e schwäre Jutesack i chalt Schnee. D Schufle, won er mit sech treit het, stellt er a ne chräftegi Tanne. Är zieht usem rächte Hosesack e grosse, farbige Lumpe füre, schnützt sech d Nase u putzt di nasse Backe ab. Ja, truurig gseht er us. Dä süsch so läbesfroh Mändel schynt ds innere Liecht verlore z ha. Warum äch?

Jetze nimmt er d Schufle u fat aafa grabe. Zum Glück isch dä Winter der Bode nid so töif gfrohre gsy, wos der erscht Schnee ggä het. So geits nid lang, bis der Hans es töifs Loch i karg Bode gschuflet het. Was nimmt er jetzte us däm Sack use? E Hund! E tote Hund! Sy Bläss. Das Tier gseht us, wie wes würdi schlafe. Sys schwarz-wyss-brüntschelige Fäll glänzt geng no, u der wyss Bläss lüchtet, wie wen er di fyschteri Nacht wetti erhelle.

Der Hans leit das Tier i sys Grab u deckts ganz vorsichtig zue. De steit er aadächtig vor däm Härdhufe, faltet d Händ u wott aafa bätte. Aber tröschtendi Wort findet er keni: «Jetz han i niemer meh. Gar niemer meh!», briegget er. U scho wider mues er der gross Naselumpe z Hilf näh. «Ds Elsi isch vor es paar Monet vo mer ggange u jetze o no der Bläss. Was söll i de no hie uf dere Wält?», fragt er sech. Är bricht vonere Tanne zwöi Eschtli ab u leit se als Chrüz uf ds Grab vo sym Bläss.

Ja, das Tier het ne di letschte füfzäh Jahr begleitet. Är isch e tröie Hund gsy, der Bläss. Überall häre het er ne chönne mitnäh. Bim Jasse isch er ihm albe uf de Füess gläge u bim Chegle het er sech hinde im Egge uf der Dechi, won ihm der Wirt het häre gleit, still gha.

U de bi de Chüngle! Dert het der Bläss sy Hundecharakter zeigt. Vil Hünd chöi mit Chlyntier nüüt aafa. Sy Bläss aber, het mit de Chüngle ggangglet. Aber de nid mit jedem. U o nid mit jedem glych. Är isch mit de Böck vil gröber umggange, als mit de Häsene. U we de der Bläss e Häse überhoupt nid berüert het, het der Hans sofort gwüsst, das es i nes paar Wuche e jungi Näschtete z fyre wird gä.

All das isch em Hans düre Chopf ggange, won er hei zue träppelet isch.

«Ja, hei zue», het er dänkt. «Was isch de das no für nes Deheime, we niemer meh uf mi wartet? Ke Frou, won e guete Aabe wünscht u ke Bläss, wo wott flattiert wärde.»

Natürlech, Chüngle het er geng no gha. Aber di Tier sy o für i d Pfanne dänkt gsy u drum het me zuene nid di glychi Beziehig wölle u chönne ufboue, wie zumene Mönsch oder zumene Hund.

Der Hans byschtet nachdänklech ds Stägli vo sym Hüsli z düruf, über d Loube hindere, der Hustüre zue.

«Ja, was isch jetze so öppis?», entfahrts ihm. Vor ihm ligt e Plastiksack. Är ergryft ne u luegt dry. Dinne ligt es Fuetergschir, e Bürschte u ne verchätscheti Balle. Stober luegt der Hans das Züg aa.

«Was söll äch das?» Das Mal fragt er sech scho resoluter. Ihn het das Gschänk nämlech gar nid öppe gfröit. Im Gägeteil! Äs het ihn wie ne schlächte Witz dünkt, dass er Hunderuschtig vor der Hustür findet, grad nachdäm er sy Bläss het müesse häre gä. Verergeret nuschet er i sym Mantelsack nach em Hustürschlüssel. Grad won er ne wott i ds Schlüsselloch stecke, ghört er es Winsle. Är meint, er heigi schlächt ghört. U wos no einisch lysli yaulet, gloubt er der Bläss z ghöre.

«Abah», seit er sech. «Alte Lööl was de bisch. Ghörsch ja afe Gspänschter.» Dermit tuet er d Hustür uf u trappet yne. I der Hand het er geng no der Plastiksack. Won er sech umchehrt für d Türe zue z tue, steit vor ihm e Hund. Em Hans gseht me aa, dass er nid weis, öb er no rächt bi Troscht isch. Är fahrt sech mit em runzelige Handrügge über d Ouge, wie wen er das Bild wetti wägwüsche. Aber es blybt. Das Tier hocket dert imene Egge u me gseht nid, wär meh erchlüpft isch, der Hans oder der Hund.

«Ja, was machsch de du da?», findet sech der alt Maa äntleche wider. «Du schlotterisch ja vor Chelti.» Är het Bedure mit däm Gschöpfli u lösts vom Loubescheieli, wos dranne aagmacht isch. Üse Tierlifründ nimmt das Hündli uf d Arme u treits i d Chuchi yne.

«Jesses, wie gsehsch de du us!», brichtet der Hans zu däm Hämpfeli. U würklech, grad vil Schöns isch nid a däm Tierli. Mager, es dräckigs Fäll, verhürschtet u ängschtlech isch es. Wie nes Hüffeli Eländ höcklets ufem Hans sym Schoos. Dä strychlet ihm über ds chalte Fäll u fat aafa gränne. Z luter Wasser. Us Truur? Us Fröid? Wär chas säge?

Das Hündli erinneret ne starch a sy alt Fründ. Öppe so chly isch der Bläss o gsy, won er ne vomene Kolleg het übercho. Är sygi ihm zuechegloffe u trotz em Nachefrage i der Umgäbig, wölli dä Hund niemerem ghöre. Für e Hans, wo sech eigetlech scho lang gärn e Hund zuecheta hätti, sech aber nie ganz derzue het chönne entschliesse, isch das e gueti Glägeheit gsy. U ds Elsi, wo sech nie vil us Hans syne Tier gmacht het, het du mit der Zyt o no Fröid am Bläss übercho. Aber e so ne ängi Beziehig, wie se der Hans zu däm Hund gha het, het sy Frou nie chönne u o nie wölle ufboue.

Gedanke vo früecher göh em Mandli düre Chopf, won er em Hundli sys Gschirrli mit Milch füllt.

«Wäm ghörsch du äch? Bisch usgrisse deheime, gäll?», sy Frage, won er ihm stellt.

«Ja, das cha aber nid sy. Hättisch ja chuum e Plastiksack mit dyne Sache mitgno. U warum bisch de aabunde gsy? Das hesch ja o nid sälber chönne.»

Irgendwie isch es em Hans chli gspässig vorcho. Är het d Bürschte u d Balle zum Plastiksack us gno u se ufe Tisch gleit. Da gseht er z undersch unde i däm Sack e Bitz Papier. Dert druffe steit nume:

Wir wollen ihn nicht mehr!

Fertig.

Nume das.

«Wir wollen ihn nicht mehr!», list der Hans lut, wie wen er das em Tierli wetti erkläre. Em Hans git das e Stich i d Bruscht: «Mir wei ne nümme. Adje. Furt. Entsorge wie nes Stück Ghüder. Eifach la lige. Wäg. Aus den Augen, aus dem Sinn. Am nächscht beschte Strasserand aahalte u ne a nes Loubescheieli aabinde. Furt!»

Jetzt het der Hans lut aafa nachedänke un er isch i syr Schwärmuet inne bblibe: «Ja, wär wott de mi no? Nötig het mi ja o niemer meh», sinniert er.

«Mir zwee sy Artgenosse, weisch», seit er zu däm Tierli, wo ne schüch aaluegt.

«Niemer me brucht nes – ussert – du mi – un ig di? Ja, un ig di!»

Jetze gseht me es Lächle uf sym runzelige Gsicht. Us syne Öigli lüchtets. Es chindlechs Lüchte, wie albe a der Wiehnachte, we ds Elsi d Cherzli am Böimli aazündet het.

Was macht jetze der Hans a däm Abrysskalländer, wo a der Wand hanget? Är rysst ds Zedeli ab u luegt uf ds Datum: «22. Dezember», list er lut vor. «Jutta steit da als Namestag druffe. Ja, du liebs Hundli, i säge dir Jutta, wil du hütt zu mir bisch cho. Hütt, am zweiezwänzgischte Dezember. Jutta isch e schöne Name für di. U morn göh mer de ga nes Päärli Cervela choufe. Weisch, übermorn isch Wiehnachte. Da überchunnsch o du es guets Ässe. U am heilige Aabe, we mer d Chüngle ghirtet hei, göh mer de zäme ufe Friedhof. Dert chan ig di de em Elsi zeige. Nächär göh mer zäme i Wald. Zum Bläss. Uf beidne Greber zünde mer es Cherzli aa. U we mer de wider deheime sy, gäll Jutta, de fyre mir de zäme Wiehnachte.»

Är sitzt uf sy Stuel, leit ds Hündli uf e Schoss, zieht gmüetlich a syre Pfyfe u strychlet der Jutta ganz fyn über ihres Fähli.

Aabenbätt

Chun, Chindli,
mier legen is hibschli zur Rueww.

Bäärga ubergolden,
d Sunnen geit under,
und Aabe wwills wäärden.
Der See liichted root.
Daa bätte mmer fir Liebi
und chliin Brood.
Und suscht no
fir nes chliins Wunder.

Albert Streich

Ds Flöckli

«Juhudihui!!», rüeft ds Schneeflöckli, wos vom Luft dür d Winternacht gwirblet wird. Es flügt chrüz u quer umenand, putscht hie a nes anders Flöckli u wirblet dert umene Yschkristall um. «Isch das herrlech!», jublets. «Läck das fägt, so schwärelos dür d Gägend z suuse. Oh entschuldigung», rüeft ds Flöckli ere dicke Flocke zue, wo se mit ihrne Arme fasch hätti verdrückt.

Ab all däm Hin- u Härflüge, vergisst ds Flöckli ganz, dass das Spieli über Churz oder Lang es Ändi mues finde. Drum isch es ganz überrascht, wos plötzlech «plup» macht un ihm der Luft ganz ghörig um d Ohre blast.

«Hee! Wyter flüge!», protestiert ds Flöckli luthals. Aber wes der Luft vorhär umenand glüpft u gschobe het, pfyft dä ihm jetze grusig i ds Gsicht.

«Was isch los?», fragt ds Flöckli ufbegährend.

«Bisch glandet!», tönt vor Syte här e ganz töifi, ruehegi Bass-Stimm.

«Bisch glandet!», äffet ds Flöckli di Stimm nache. Aber mit sym Piepstönli wott ihm das nid so rächt glinge. Drum seit der Bass langsam u lachend: «Ja, ja, spott du nume! Wirsch de scho merke, dass i Rächt ha.»

«Chum, verzell chli. Was machsch du da? Was machen ig da? U wie lang mues i warte, bis i wider cha flüge?», fragts jetze gwundrig.

Lang ghörts nüüt. Es stuunet, luegt um sech um u gseht, das es z usscherscht ufemene Eschtli vomene Tanneböimli glandet isch. Wos ache luegt, wirds ihm fasch schlächt! Glück gha, dänkts. Chli wyter usse,

un ig wäri unde im Schnee glandet. Das wäri de läng-
wylig gsy, so bi all dene andere Schneeflocke unde.
Drum isch es nume no halb so truurig, das es nümme
cha flüge u halt hie mues blybe hocke.

«Hesch öppe gseh, wohäre dass du no chönntisch
gheie? Also häb di gschyder still da obe. U wie lang
dass mir da wärde sy, seit der Früehlig – oder der
Föhn! – je nach däm, wär ehnder isch», brummlets
jetze.

Wo ds Flöckli gnau luegt, gsehts vor sich e grossi
Flocke. Si isch afe chli ramponiert. U o nümme grad
so schön wyss, wien äs. O d Arme sy nümme so
chräftig u starch, wie bi ihm. Aber die Stimm!

«Häb di guet!», brummlets plötzlech un es weis nid
ab wäm das es meh erchlüpft isch, ab em Bass oder
ab de Stimme, wo düre Wald töne.

«Eh lue da! Das isch doch genau das Wiehnachts-
böimli, won ig mir vorgstellt ha!», seit e jungi Frou u
strychlet mit der Hand über nes Eschtli.

«Blybe mer hie?», fragt der Maa. Aber nid öppe
fründlech. Me merkt der Stimm aa, dass er sech
Schöners chönnti vorstelle, als dä nächtlech Spazier-
gang.

«Hilf!», befiehlt er jetze.

«Woschs nid no chli am Buch bhalte?», fragt di
verunsichereti Mueter.

«Hilf jetze», isch Antwort gnue. Un er fat aa, das
Päckli vore a sym Buch abznäh.

«Chumm Schätzeli», seit jetze d Mueter u git däm
dick ypackte Mönschechlungeli es fyns Müntschi uf
d Stirne. Aber das lat sech i sym Schlaf nid la störe.

Nachdäm si däm Butz im Schnee inne es chlyses Tuli gmacht, e Isoliermatte usbreitet u ne dry gleit het gha, seit si: «Hilfsch mer d Cherze a d Eschtli hänke?»

«Chasch sälber. I ha Durscht!», mofflet der Maa u stützt d Thermosfläsche aa.

«Aber doch nid ab der Fläsche! Wart, i ha Bächer bi mer», seit d Frou u nuschet i ihrem Rucksack.

«Nid nötig. Ha öppis, won i darf ab der Fläsche trin-ke. Öppis, wo meh wärmt, als dy Glüehwy-Fusel.» Dermit zieht er e Schnapswäntele usem Chuttebuese, schrubt der Dechel ab u stützt aa. D Frou seit nüüt. Si nuschet zwöi Päckli Cherze u d Cherzehalter zum Rucksack us.

«Tüe mir zäme?», bättlet si no einisch u streckt ihm Cherze u Halter häre.

«Du hesch hie häre wölle, nid ig. Chasch sälber a d Chlämmerli friere. Bis du dy Ego befridiget hesch, tuen ig mi vo inne use wärme», mofflet er, chehrt sech vo syre Frou furt u nimmt no einisch e Schluck.

D Frou isch aber scho so mit Cherze aahänke beschäftiget, dass si das gar nümme richtig mitübercho het. Si isch, trotz em Verhalte vo ihrem Maa, glücklech. Scho lang het si sech das gwünscht: Wiehnachte, dusse under freiem Himmel!

«Dünkts di nid o schön?», fragt si jetze ihre Maa u luegt stolz ihres Wärch us Distanz aa. Öppe zwänzg roti Cherze stöh uf de Escht vo däm Tanneböimli. Süsch nüüt. Kener Chugle, kes Lametta, kes … Nüüt. Nume Cherze.

«So zünd das Züg aa. I wott hei. Ha chalt», git er zur Antwort.

«So gang! Ig u ds Ayla blybe da!» Di Antwort chunnt vil gäjer, als dass si het sölle u fasch als Entschuldigung fat si jetze mit em Aazünde vo de Cherze aa.

Aber der Funke isch scho gsprunge!

«Ig u d Ayla blybe da!», widerholt er ihri Ussag hässig. «Das wüsst i de! Das isch o mys Chind, verschteisch! Un ig Lööl hätti nie sölle ywillige, hie usezcho. Das isch wider so eini vo dyne hirnverbrönnte Ideene.»

«Nei, nid hirnverbrönnt! I ha nume gmeint, hie usse merkisch vilecht chli, dass mir di möchte gärn ha. Das ig di möchti gärn ha. So wie früecher. Aber das gsehsch du ja nid. Du hesch mi ja nume no als Hushältere u d Ayla nimmsch nume i d Beiz oder ufe Schuttplatz mit, für z plagiere, was du für ne guete Vatter bisch – derby ...», hie bricht si ab, wil si weis, was jetze chunnt. Vorwürf, Vorwürf u no einisch Vorwürf. U zwüsche jedem vo dene e Schluck Schnaps.

U de ds Flöckli?

Das het di ganzi Zyt zueglost u het nid chönne verstah, was da vor sech geit. Währenddäm die da unde wyter chifle, fragts di grossi Flocke. Di seit: «Hinech isch heilige Aabe. Da fyre d Mönsche d Geburt vo däm, wo Fride uf d Wält bracht het.»

«Ja, me ghört ne, dä Fride. Schrecklech! Cha me de da nüüt dergäge mache? I möchti dene da unde doch zeige, dass si ganz lätz lige mit ihrem Gstürm.»

«Ja, ja. Das han ig fürcher, won i no so jung bi gsy wie du, o gmeint. Ha o gmeint, i chönni d Wält verändere. Aber was wosch? Du als chlyni Schneeflocke chasch da nüüt usrichte?», bassets resigniert.

«We jede so würdi dänke!», begährts uf. – «Uf! Mache dir d Cherze o so warm? Uh, i ... schwitze! Nei! ... I ... schmelze!», seits no. U de wirds still. Der Bass gseht, wie sech das schöne, härzige, wysse Schneeflöckli, langsam zumene gwöhnleche Wasser-tropfe verwandlet – u plötzlech verschwindet ...

«Lueg, d Ayla isch erwachet. Das hesch jetze vo dym Usrüeffe», brüelet der Maa sy Frou aa u wott ds Chlyne u sym Huli usenäh. Won er uf ds Gsicht vo däm Chindli luegt, erchlüpft er:

«Lueg jetze einisch das aa!», flüschteret er. U er-schütteret seit er: «D Ayla het e Träne underem rächte Oug! Ohni dass si grännet het. Het si äch wäge üsem ...? Isch si äch wäge mir ...? Bin ig äch ...? Ach, du arms Würmli!»

U du schämt er sech für syner Wuetusbrüch. Schämt sech für sys ekelhafte Verhalte syre Frou u sym Chind gägenüber. Är schämt sech für sy Suuf-ferei u sys egostische Tue. Är schämt sech i Grund u Bode! U ganz duuch seit er: «Was han i dir, was han i öich beidne aata? Was bin i für ne Uflat gsy. U wie truurig han ig di gmacht, chlyses Ayla, dass du tonlos hesch müesse e Träne füredrücke.»

Dermit lüpft er ds chlyne Chindli us sym Gliger use, nimmt sy Frou fescht i d Arme – u zäme luege si di lüchtende Cherze aa.

Der Bass hocket geng no uf sym Ascht u brummlet: «Friede allen Menschen, die guten Willens sind!»

Öij Chind sy nid öij Chind.

Si sy d Söhn u d Töchtere

vo der Läbessehnsucht nach sich sälber.

Obwohl si bi öich sy, ghöre si öich nid.

Dir dörfet ne öij Liebi schänke,

aber nid öij Gedanke.

Dir dörfet ihrne Körper es Dehei gä,

aber nid ihrne Seele.

Ihri Seele wohne im Huus vo morn.

U das chöit dir nid emal i öine

gröschte Tröim ga bsueche.

Wil ds Läbe nid rückwärts geit

u nid bim Geschter verwylet.

Khali Gibran

Der Blick vo der Kanzle

Oh du fröhliche, oh du seelige,

«… so Chrigeli, häb di jetze no chli still. No das Lied. De ds Schlussgebätt u de hesch es gschafft. Muesch jetze ds Mueti nid drängele. Es treit di nüüt ab. Muesch warte bis d Predig fertig isch. Da gits nüüt z rüttle. Also du Sücheli, höckle ab u tue no chli mit dym Bäbi gfätterle …»

Gnadenbringende Weihnachtszeit.

«… hoffetlech isch der Lieb Gott dir gnädig, Hanna. Du hättischs meh als nötig. Aber müesstisch dys Grindschi halt chli weniger höch trage. Das hesch jetze dervo. Bisch ja mit dyne Ouge – u äbe nid nume mit dene – a mänge Maa ghanget. Di halbi Gmeindsmannewält hesch wild gmacht. O mi hesch wölle verfüehre. Zum Glück …»

Welt ging verloren, Christ ward geboren,

«… typisch Frou Chrischtener. Me seit dir nid vergäbe Chrischtrose. Du bisch so wyss wie di Blueme. Aber nid vo Natur us. Nei, der Puder wo du dir a ds Gsicht tupfisch, bruchtisch gschyder für dys Chindli. Das hätti nämlech chli meh Zueneigig nötig. Aber äbe, du nimmsch di sälber wichtiger, als dys Töchterli. Es schynt, dass du das Chnöpfli o nume hesch, wil me halt i dym Alter es Chind het. Wil das derzue ghört. Arms, chlyses Würmli …»

Freue, freue dich, oh Christenheit!

«… hei! Hie isch de eigetlech nid der Ort für z karisiere! Aber das gäbti no nes härzigs Päärli, ds Marlies u der Jonas. Ou, da isch älwä würklech öppis am Tue. Es überchunnt roti Bäckli un är luegt ganz verschämt vor sech ache a Bode. Sing doch jetze du Glünggi, süsch fallts ja no meh uf, dass du bis über beidi Ohre i das Meitschi verliebt bisch. Gönne mögt igs öich. Dir syt zwöi ufgstellti jungi Mönsche. Häbet nech gärn u häbet Sorg zu öier wachsende Liebi …»

Oh du fröhliche, oh du seelige,

«… ja, Frou Glarner, das isch äbe ds Läbe. Jetze chöit dir öier Runzele nümme überpinsle. Ds Gsicht het das jahrelang mitgmacht. Wie ne Malchaschte syt dir desume gloffe. Aber jetze isch fertig mit Luschtig. D Runzele am Hals lö sech nümme verdecke u d Altersfläcke a de Händ sy o nid wäg z opperiere. Es isch glych guet, dass es gäge Schluss vom Läbe allne öppe ähnlech geit …»

Gnadenbringende Weihnachtszeit.

«… du bisch scho en arme Gsodi! Hesch ds Läbe lang gwärchet. Chnächt bisch gsy. Vom Morge bis am Aabe geng dranne. U jetze hesch e chrumme Rügge u chasch di chuum no z Grächtem bewege. Zum Glück hesch du äntleche ygwilliget, dass me di het chönne us dyre fyschtere, füechte Chammere i ds Altersheim zügle. Dert überchunnsch jetze no chli öppis vo däm, wo du älwä dys ganze Läbe lang vermisst hesch. Zueneigig …»

Christ ist erschienen, uns zu versühnen,

«… wenn lehrt dir das äntleche? Syt Jahre hocket dir i der Chilche uf de glyche Bänk. Dir vom Hinderhof vorne rächts u dir vom Hubelacher hinde links. Syt Jahrzähnte möget dir öich nid emal ds Zahnweh gönne. Derby isch das, wo dir geng no dranne chätschet, ja e Sach vo öine Eltere gsy. U ds Letschte vo dene Vierne isch vor zwöi Jahr gstorbe. Sougrinde heit er! Sougrinde syt er …»

Freue, freue dich, oh Christenheit!
«… jetz lueg o da. Der Meier u d Frou Hasler. Je, isch das aber härzig. Momohl, gäbet nech nume di ganzi Hand. Tüets nid verstecke. O we dir beidi zäme über achtzgi syt, chöit dir öich doch no gärn ha. Eh isch das jetze schön, z gseh wie …»

Oh du fröhliche, oh du seelige,
«… vor drü Jahr hätti nech d Lüt fasch gsteiniget, wo dir beidi öij Partner verla heit. Niemer hets wölle begryffe, dass dir nümme heit chönne. Klar. Me het gmeint, dass öier vergangene Beziehige guet u harmonisch syge gsy. U drum het das Zämegah niemer verstande. U alli hei gmeint, das sygi nume e churzi Bettgschicht. Drum: zeiget öij Liebi. Zeiget, dass mir nid sölle richte. Wil mir ja nume dra häre gseh u nid dry yne …»

Gnadenbringende Weihnachtszeit.
«… das isch aber schön, dass du jetze o bisch a d Wiehnachtsfyr cho. Das fröit mi bsunders. Du bisch i der Unterwisig geng e Querulant gsy. Du hesch nüüt wölle wüsse vo Gott u vo Jesus. Di zäh Gebot hesch du partout nid wölle uswändig lehre u gwätteret hesch gäge jeglechi Obrigkeit. Es isch schön, dass du

jetze da bisch. I hoffe, dass du öppis vo myre Predigt hesch chönne mitnäh …»

Himmlische Heere jauchzen Dir Ehre,
«… uh, Längebärger, du singsch wider faltsch! Aber nume faltsch würdi ja no nüüt mache. Dass du de geng no so lut muesch brüele! Du übertönsch ja di ganzi Gmeind mit dym leide Gmöögg. Häb doch äntleche dys Muul zue. Aber äbe, du chasch halt o ohni z singe nid schwyge. We irgendwo drei Persone zäme stöh un du derzue chunnsch, de geits nid lang, praschallerisch nume no du. Schwig doch jetze …»

Freue, freue dich, oh Christenheit!
«… u jetze göht hei. Göht ga diskutiere, weli Frou ds schönere Chleid het anne gha. Wär wän im Verborgene aaglächlet het u wär gäge wän hätti chönne Giftpfyle abschiesse – us vilecht o ta het. Göht jetze u gäbet öich es Müntschi. Tüet nech ärvele u zeiget, dass dir enand gärn heit. Suechet u findet enand. Syt lieb zunenand u läbet jede Tag so, wie wes der Letscht wär …»

Die Gnade unseres Herrn Jesus Christus und die Liebe Gottes und die Gemeinschaft des Heiligen Geistes sei mit uns allen.
Amen.

Zum nöie Jahr

E chli meh Fröid u weniger Stryt
E chli meh Güeti u weniger Nyd
E chli meh Liebi u weniger Hass,
E chli meh Wahrheit, das wäri doch das

Statt so vil Unrascht e chli meh Rueh
Statt geng nume ig, es Bitzeli meh du
Statt Angscht u Hemmige, es Bitzli meh Muet
U Chraft zum Handle, das wäri guet

Nid Trüebsal u Dunkel, e chli meh Liecht
Kes plagends Verlange, e frohe Verzicht
U vil meh Blueme, solang dass es geit
Nid ersch uf de Greber, denn blüeje si z spät

Peter Rosegger

Die heilegi Dreifaltigkeit

vom Dieter Wismann, Liedermacher, Schaffhausen.
(vom Outor i ds Bärndütsche übersetzt)

«Hinech», het ds Mueti gseit, u di glychlige blitzige
Ouge übercho, wie denn albe, we ihre der Meiländer-
liteig bsunders guet isch grate gsy: «Hinech göh mer
alli mitenand i d Chilche zum Mitternachtsgottes-
dienscht! U drum müesse di Chlyne zersch no zwo
Stund ga vorschlafe.»

«Also, das isch grad dopplet lätz! Erschtens: Mit
Achti ghören ig natürlech scho lang nümme zu de
Chlyne», findet der Stephan. U das mit rächt. Är
macht nämlech i sym Zimmer geng mit em Lippestift
vom Mueti Striche a d Tapete, für z luege, wien er
wachst. Also, eigetlech macht di Striche sy Schwö-
schter, d Brigitt. Für das cha me se bruche. Aber vo
Schutte zum Bispiel, het si ke Ahnig. U wie me es
Moli faat, weis si grad o nid.

«Also d Meitli», findet der Stephan, «sy di schläch-
tere Buebe.»

U de äbe dä mit em Vorschlafe. Uf so ne Idee chöi
o nume di Erwachsene cho. Me schlaft doch denn,
we me müed isch. U me cha doch nid uf Befähl scho
vorhär müed sy …

U einisch meh i sym churze Läbe, versteit der Ste-
phan di Erwachsene nid so ganz. Oder, wien ärs wür-
di usdrücke:

Di Erwachsene sy di schlächtere Chind.

Aber trotz allem: Der gross Momänt isch cho! Z
mitts i der Nacht sech aalege u voruse gah! Der Ste-
phan het sech um z verrode nid dervo la abbringe, sy

Täscheapothek, won er zum Geburtstag übercho het, mitznäh.

«Also Stephan, di Schachtle blybt deheime! Mir göh doch nid i ds Pfadilager. Mir göh i d Chilche», seit ds Mueti sträng.

«Aber we de öpper übere Toufstei stoglet u erschti Hilf brucht», het der Stephan gseit, wo sech under em Toufstei so ne viereggige Steiquader vorgstellt het, wo irgendwo i der Chilche im Wäg ligt. Aber das isch natürlech nid halb so ärnscht gmeint gsy. I Stephan syre Täscheapothek inne hets nämlech sowiso keni Heftpflaschter meh gha. Di het er fyn süberlech, zäme mit de andere pharmazöitische Utensilie, vorhär usgrumt u under sys Bettchüssi gleit. So hets nämlech i der Apothek inne Platz gha für nes paar Wiehnachtsgüezi. Ds Mueti het ja gseit, me müessi vorhär vorschlafe, es göngi de nächär lang. U da nimmt me doch de gschyder e chlyni Zwüscheverpflegig mit.

Es isch scho merkwürdig, we um die Zyt so vil Lüt uf der Strass sy. U alli hei d Richtig zu der Chilche ygschlage. Scho fasch voll isch si gsy. Aber zum Glück hei der Stephan u sy Familie no ne guete Platz gfunde. Mit bsunders gueter Sicht uf dä riisig Wiehnachtsboum, wo vorne näbe der Kanzle gstande isch.

«Wiso bruchts i der Chilche e Wildhüeter?», het der Stephan sy Papi, wo näbe ihm ghocket isch, gfragt.

«Wo gsehsch du e Wildhüeter?», het er erstuunt zrugg gflüschteret.

«Der Wildhüeter gsehn ig o nid, aber sy Understand!»

Es het sech du klärt: Der Wildhüeterunderstand isch gar nid für e Wildhüeter dänkt, sondern für e Pfarrer. U me seit däm o nid Understand, sondern Kanzle. Uf all Fäll chönnti me vo dert obenache wunderbar Papierflüger la suuse. Wie denn, wo der Lehrer het …

«Stephan, ufstah, mir bätte.»

Grosser Gott, wir danken dir.

Scho merkwürdig. We doch dä Gott so gross isch, wiso gseht me ne de nid? Ds Mueti het o ke rächti Antwort gwüsst. Si het gseit, der lieb Gott sitzi äbe halt wyt obe i de Wolke. So wyt wäg, dass me ne gar nümme chönni gseh. Aber das cha ja o nid stimme. I meine, we der lieb Gott ufere Wolke obe sitzt, wie het er sech de dert obe? Di Wolke, wo der Stephan damals mit syre Familie i de Ferie mit em Flüger dry gfloge isch, isch uf all Fäll ganz durchsichtig gsy. Fasch wie Näbel. U da chönnti ömel niemer druffe sitze.

Em Stephan syner Ouge wandere vom Kanzle-Wildhüeter-Understand zum grosse Wiehnachts-boum. So ne riisige het er no gar nie gseh. U de di vile Cherze! Wie het me die äch aazündet? Also so ne grossi Leitere gits sicher nid. U ueche chlättere chönnti me o nid. Di oberschte Escht wäre ja vil z schwach. Ängel vilecht? Aber die gits nid, het der Max gseit, wo mit em Stephan i d Schuel geit, scho einisch het dörfe Bier trinke u o süsch drus chunnt. Oder vilecht wachse der Frou vom Sigrischt albe churz vor der Wiehnachte Flügel?

Der Stephan verwirft dä Gedanke wider, wil er weis, wie d Frou vom Sigrischt usgseht. So grossi

Flügel, wo starch gnue wäre für di ganzi Frou Sigrischt z lüpfe, gäbts wahrschynlech gar nid.

«Stephan!»

Scho wider ufstah! Was isch de jetze scho wider?

«Wir singen das Lied dreihundert und drei, die Strophen eins, zwei und acht», seit öpper.

Wiso mues me zum Singe ufstah? Geits de äch besser? Der Stephan nimmt sech vor, das einisch mit sym Fründ, em Michi, uszprobiere. Interessant wäri o, usezfinde, öb me o cha singe, we me der Chopfstand macht. Wie denn, won er mit em Michi usprobiert het, öb Himbeerisirup o obsi i Mage geit, we me a der Wand der Chopfstand macht. Dä Versuech hei di beide Buebe du allerdings müesse abbräche, wil beid so furchtbar hei müesse lache, dass nächär alls gchläbt het vom usegschpöite Himbeerisirup.

Der Stephan lachet.

D Mueter stüpft der Stephan.

Wiso darf me eigetlech inere Chilche inne nid lache? O im Sunntigschuelunterricht nid. Dert mues der Stephan nämlech geng bim Bätte lache. Aber das isch nume, wil ne der Michi mit ere Hüehnerfädere chützelet. Nume isch das natürlech öppis Anders.

Em Stephan syner Ouge göh wider uf Wanderschaft. Si blybe es paar Reihe wyter vorne anere bsundere Gstalt hange. Am glismete Huet aa, isch es e Frou. Me gseht es paar rächt verstrubleti, graui Haar unde füre glüssle. So ne Art Jagge het si anne. Sicher schon en alti. Der Stephan benydet se e chli drum. Mit dere Jagge mues me sicher nid so höllisch ufpasse, we me geit ga Frösche faa. Di gseht scho dräckig us, da cha me nüüt me verschlimmere. U

zwe, drei Schränz het si o no. Das isch richtig prak-
tisch.

Wil di elterei Frou z usserscht i der Reihe usse
sitzt, grad gäge Gang zue, cha se der Stephan bsun-
ders guet beobachte. Der Rock het öppe di glychlegi
murmelibruni Farb, wie d Jagge. A nes paar Stelle sy
andersfarbegi Blätze druf gnäit.

Also Röck sy scho vil praktischer, ömel bim Moli
faa. Da mues me doch ache chnöile u de sy bimene
Bueb sofort d Hosechnöi dräckig. U deheime gits de
wider es Problem dermit. D Meitli chöi eifach der
Rock zruggschiebe u de wärde nume d Chnöi dräck-
ig. U die gseht me ja de nächär nümme, we me wi-
der der Rock drüber tuet. Es git äbe scho Underschi-
de zwüsche Buebe u Meitli.

«Stephan, losisch überhoupt zue?»

Scho pynlech, dass di Erwachsene geng grad mer-
ke, we me mit de Gedanke amene andere Ort isch.
Aber hütt isch ja Wiehnachte. U da wott me de Eltere
doch e Fröid mache. Der Stephan probiert, sech uf
das z konzentriere, wo der Pfarrer dert vorne verzellt.

Brummel brummel. Heilegi Dreifaltigkeit. Brum-
mel brummel.

Also, dass rings ume lieb Gott alls so heilig isch, a
das hätti sech der Stephan scho gwanet. Hie u da lost
er nämlech o i der Sunntigschuel zue. Aber was i al-
ler Wält mues me sech jetze under dere «Dreifaltig-
keit» vorstelle? Gfaltet, u de ersch no drü Mal?

Guet, der Stephan het o scho gmerkt: D Chilche
geit mit Zahle rächt grosszügig um. Zum Bispiel dä
vo der Wält erschaffe i sibe Tag! Me mues sech das
einisch vorstelle: i sibe Tag! All di Hüser, Strasse,

Fabrike, di vile Chilche – also o we da der lieb Gott höllisch pressiert hätti – sibe Tag sy eifach zwenig. U de di Gschicht us der Sunntigschuel, wo eis Brot, ei Fisch u ei Fläsche Wy für hunderti vo Lüt söll glängt ha. Äntwäder hei die sech verzellt, oder de sy gar nid so vil Lüt cho, oder irgendöpper het im Versteckte nachegliferet.

Die heilegi Dreifaltigkeit …

«Auf dass ihr eins werdet mit Gott!»

Scho wider so ne Zahleflunkerei! Ig u der lieb Gott – oder nei, der lieb Gott un ig – ds Mueti seit, me söll sich sälber geng z letscht näh – der lieb Gott un ig – also eis u eis – das git doch eifach Zwöi. Da cha me sech no so fescht ha, das blibt bi Zwöi. Also we die vo der Chilche das mit de Zahle nid so gnau näme, wiso mues me de di ganzi Sach i der Schuel no lehre?

Die heilegi Dreifaltigkeit …

Überall i der Chilche hets so chlyni Vogelchäschtli ufgmacht. Das isch em Stephan scho bim Ynecho ufgfalle. Es steit o öppis druffe. Nume cha mes us dere Distanz nid guet läse: Ko, Koll …

«Stephan, ufstah!»

Em Stephan syner Ouge sueche wider di alti Frou mit em praktische Gwand. Si het sech ganz fescht vorne am Bank. Vilecht het si Schmärze u cha nid guet stah?

«Amen.»

Also das sötti me doch chönne läse: Ko, Loll, Kolek-Tee. Was isch jetze äch das wider: Kolek-Tee? Was e Tee isch, weis der Stephan natürlech scho. Zum Bispiel drum, wil ihm ds Mueti für d Schuelreis albe Tee i d Flädfläsche füllt. Der Michi het albe e

Fläsche Goggi. Aber ds Mueti seit, dass sygi nid gsund. Wiso wüsse eigetlech di Erwachsene geng, was gsund isch?

Da het der Stephan en Idee.

Einisch, wo ne Cousine vom Vatter ghürate het, da isch me o i d Chilche. U dert het e Maa mit emene wysse Gwand, vorne so ne Chessel gschwänkt, wo fescht dampfet het. Vilecht isch das äbe de grad der Kollek-Tee, wo dert chöcherlet. Der Stephan nimmt sech vor, das ufem Heimwäg ds Mueti z frage.

I däm Momänt fö d Chilcheglogge aafa lüte. Gross u schwär. U d Orgele spilt so lut u mächtig, dass me chönnti meine, me gspüri di einzelne Tön im Buuch inne.

D Lüt stöh uf. Der Mitternachtsgottesdienscht isch verby.

Louft da im Chilchegang, näb em Stephan, nid grad di alti Frou mit de praktische alte Chleider? Der Stephan luegt necher häre. Under em glismete Huet gseht er jetze es alts, verrumpflets Gsicht. D Frou het fescht Müei mit Loufe. Der Chopf waggelet e chli u im verrunzlete Gsicht inne gseht me es chlyses Muul. D Lippe verschwinde fasch i dene vilne Falte. U ganz, ganz truurig gseht di Frou us. Sicher het si sehr vil Chummer.

Z innerscht im chlyne Stephan inne chrampfet sech irgendöppis zäme. Är macht sy Täscheapothek uf u nimmt dert di beide Chräbeli use, wo no übrig bblibe sy. De drückt er sech füre, steit der Frou i Wäg, het ere di beide Guezli häre u seit: «Schöni Wiehnachte!»

U da passierts! Di vile chlyne Fältli im Gsicht vo

dere Frou chöme i Bewegig. Si verschwinde sogar u der Stephan hätti gschwore, dass plötzlich um dä glismet Huet um fasch so öppis isch gsy, wie ne helle Liechterschyn.

«Stephan, chum, blib nid stah!"

Der Stephan chunnt.

Aber es isch en andere Stephan. Eine, wo i däm Momänt sys erschte chirchleche Gheimnis verstande het: Di heilegi Dreifaltigkeit.

Am Fänschter

I drücke jeden Aabe,
we d Sunne undergeit
ar chalte Fänschterschybe,
mys Gwundernäsi breit.
I luegen allne Lüte
mit grossen Ouge nah,
wo dusse ufem Strässli
am Huus verdüre gah.
U trybt es wysses Flückli
am Fänschterglas verby,
de düecht es mi scho lengschte
s sötti Heiligaabe sy ...

Unbekannte Outor

Wiso Wiehnachte?

Us emene reformierte Pfarrblatt:

Petrus führt den Neuankömmling Alois durch den Himmel. Er zeigt ihm di meditierenden Buddhisten, die betenden Muslime, Juden in der Synagoge, Reformierte unter der Kanzel, die Hinduisten, die Naturvölker … Dann legt Petrus den Finger auf die Lippen und bittet Alois, nun ganz leise zu sein. Über den Gang erreichen sie weit hinten im Himmel einen schallisolierten Raum, und Petrus flüstert Alois zu: «Hier sind die Katholiken – die glauben, sie sind allein.»

Geschter chunnt en Arbeitskolleg zu mir u fragt mi, was das eigetlech sygi, Wiehnachte.

Zersch han ig ne dumm aagluegt u du gly gmerkt, dass di Frag ja gar nid so dernäbe isch. Für üs Schwyzer natürlech scho. Aber my Arbeitskolleg, der «Mureli», wie mir ihm säge – sy richtig Name chöi mir nid usspräche, un es kennt ne eigetlech o niemer vo üs – isch halt ke Chrischt u het drum nüüt am Huet mit Wiehnachte. Aber der Mureli isch e härzige Kärli.

Är isch jung, öppe zwänzgi un er läbt hie inere chlyne, alte Wohnig. Was er i syr Freizyt macht, wüsse mer eigetlech nid.

Eigetlech wüsse mer nume sehr wenig über ihm. Nume das, wo me gseht: Ganz e dunkli Hut, chruselegi Haar, schneewyssi Zähn u – ja das fallt mer ersch jetze uf, won i so übere Mureli nachedänke – är het geng es Lächle ufem Gsicht!

Aber nid nume ufem Gsicht.

Nei, mir hei der Mureli no nie truurig, bedrückt, hässig oder toube gseh. Är isch geng fründlech u lächlet lieb vor sech häre. Us Sri Lanka chöm er, Tamil syg er, het nes der Chef gseit, denn, won er i üser Bude het aagfange wärche.

U mir sölle ne de bi üs probiere ufznäh. Är heigi drum Schlimms düregmacht.

Ja, u jetze steit der Mureli vor mir u fragt mi mit sym sympatische Lächle, was eigetlech Wiehnachte sygi. Das z erkläre isch natürlech kes Problem für mi, han i doch das Fescht scho fasch unzählegi Mal bewusst miterläbt.

Drum fan ig grad aa mit erkläre: «Wiehnachte isch der Tag, wo Jesus isch uf d Wält cho», sägen ig ihm stolz.

«Wär isch de das, dä Jesus?», fragt mi der Mureli.

«Wo der römisch Kaiser Augustus sys Volk het wölle zelle, het o z Israel jede dert häre müesse, won er isch gebore worde. So o d Maria u der Josef. Die Zwöi sy uf Betlehem greiset. Wo si dert sy aacho, sy alli Hotel voll gsy, u si hei imene Stall müesse übernachte. D Maria, wo isch schwanger gsy, het du dert der Jesus uf d Wält bracht.»

I bi ganz stolz gsy uf my Churzfassig vo der Wiehnachtsgschicht. Nu ja, d Hirte han i usse gla u di drei Könige u der Erzängel Gabriel o. Aber was interessiert das e Tamil?

«U wäge däm fyret dir Wiehnachte?», unterbricht er myner stolze Gedanke.

«Nei, natürlech nid nume wäge däm», probieren ig z erkläre. «Der Jesus isch nämlech der Sohn vo üsem Gott. U drum e ganz e bsundere Mönsch», füegen ig no aa. So jetze pattets! Das isch das gsy, wos a Erklä-rig no brucht het.

«Dir fyret also d Geburt vom Sohn vo öiem Gott», fasst der Mureli zäme un i schäme mi fasch, dass i so vil Wort brucht ha, we mes doch so eifach hätti chönne säge. I nicke drum nume.

«Wie fyret dir de di Geburt?», fragt er wyter.

«Mir hocke am Heilige Aabe zäme, ässe öppis Guets u diskutiere de no chli mitenand. U ja, das isch natürlech ds Wichtigschte: Mir zünde d Cherze am Wiehnachtsboum aa. Under däm hets e Huffe Päckli. Di packe mer de us u fröie nes a de Gschänk», füegen ig no by.

«Was het de der Sohn vo öiem Gott mit däm z tüe?», bohret er wyter.

Das isch jetze ömel o ne Fraagi! Das won ig ihm gseit ha, müessti doch ömel länge für z verstah, was a Wiehnachte bi üs so abgeit.

«Mir fröie üs, dass Jesus isch uf d Wält cho. Är isch vo Gott gschickt worde, für üs d Sünde z vergä u üs Fride u Liebi z bringe. U a Wiehnachte dänke mer a ihn, fröie nes drüber u sy dankbar.»

Das han i aber guet gseit, dünkt mi. U glych chunnt scho di nächschti Bemerkig:

«De syt dir de alli deheime, syt fridlech mitenand, ässet u trinket zäme, zündet Cherze aa u packet d Päckli us.»

I nicke. Äntlech! Är hets begriffe!

«I öiem Dorf stöh zwo Chilche näbenand. I ha ei-nisch ghört, öie Gott sygi dert drinn. U dä Jesus älwä o, oder? Warum fyret dir de d Wiehnachte nid dert, bi dene beide Hüser?»

Äh, jetze wirds ungmüetlech. I mym Mage fats chli aafa drääie.

«Ja, du hesch rächt. Eigetlech geit me a der Wiehnachte o no z Predig. Me geit i d Chilche, für d Wiehnachtsgschicht ga aazlose. Aber es göh natürlech nid alli dert häre. D Chilche wäre ja vil z chly derfür.»

Schön hesch di da usegschnuret, laferet mys Gwüsse dry.

«U de di anderi Chilche? Isch de die derwyle läär?», bohret er wyter.

«Nei, di Einti, i die gahn ig, die isch für di Reformierte. Di Anderi die isch für d Katholike», giben ig ihm mutz zrugg.

«Fyre de beidi Gruppe Wiehnachte?», chunnt di nächschti Frag.

«Natürlech! Mir gloube ja a glych Gott – u o a glych Jesus», hässelen ig ihn aa, wil mer di Fragerei langsam uf ds Gäder geit.

«Warum de i zwone Chilche, wen er doch wägem Glyche fyret?»

Natürlech han i di Frag erwartet. Aber uf die han i ke richtegi Antwort parat. Drum: «Jä weisch, das isch e komplizierti Sach. Da isch äbe früecher öppis ggange, wo sech di Einte vo de Andere trennt hei. Aber das würdi jetze z wyt füehre, wen ig dir das müessti erkläre.»

«Aber dir heit nid Krach zäme?»

Sy Gsichtsusdruck zeigt mer, dass er rächt grossi Angscht het vor Ufride.

«Ne nei! Mir läbe friedlech näbenand. So, wie die zwo Chilchene näbenand stöh, so göh o mir dür üses

Läbe. Fridlech, näbenand», erklären ig ihm üsi öku-
meneschi Situation.

«De sy also a der Wiehnachte i beide Chilche e
Huffe Lüt, wo ds Glyche mache, ds Glyche dänke, ds
glyche Gsetz hei, der glych Gott u der glych Jesus
kenne u …», jetze stutzet er. Är leit sy Chopf chli uf
d Syte, grad wie wen er müessti d Ghirnzälle sam-
mle, u seit de: «… u dir heit nid Krach zäme?»
Pouse.

«Das chan i fasch nid gloube!», rüeft er us. «Dir re-
det vom Glyche, machet ds Glyche u nume zäme sy,
tüet dir nid. A Wiehnachte! Denn, wo alli, wie du
seisch, der Geburtstag vo däm fyre, wo nech heigi
Fride u Liebi bracht. Warum fyret dir de nid zäme?»

Är luegt mi ganz unglöibig aa. Syner unsichere,
ratlose Ouge zeige dütlech, dass er da öppis ganz u
gar nid versteit.

Was söll ig ihm jetze erkläre? Dass d Katholike der
Papscht hei, wo het gseit, dass me mit de Reformierte
nid söll zäme fyre? Dass di Reformierte luthals pro-
teschtiere, wil e reformierti Regierigsräti der katholi-
sche Schwyzergarde geit ga d Erscht-Ougschte-Red
halte? Söll ig ihm erkläre, dass dert, wo di zwo Chil-
che jetze stöh, früecher es katholisches Chloschter
isch gstande, wo die (schyn)heilige Mönche sogar
Froue vergwaltiget u i Tod tribe hei? Söll ig ihm er-
kläre, dass bi der Reformation tuusegi vo Lüt brutal
sy umbracht worde, wil si nid so hei wölle gloube,
wie das di chrischtlechi Obrigkeit vo ihne verlangt
het? Oder söll ig ihm säge, dass es no hütt Lüt git –
uf beide Syte! – wo di Andersglöibige als Minder-
wärtig aaluege? Dass es no hütt Lüt git – reformierti

u katholischi – wo meine, ihri Relegion sygi di einzig Richtegi.

Söll ig ihm das erkläre?

Nei!

Wil ig das sälber nid cha begryffe!

«Mureli, i gloube mir göh jetze gschyder wider ga wärche. Weisch, du bisch halt us ere andere Gägend u drum chasch du üses Dänke u üses Handle nid verstah.»

Es isch ds erschte Mal, won i der Mureli ohni sys Lächle ufem Gsicht ha gseh. Un i befürchte, är het üses chrischtleche Wiehnachtsverhalte begriffe …

Herr, mach mi zum Wärchzüg vo dym Fride:
das i Liebi bringe, wo me sech hasst,
das i Versöhnig bringe, wo me sech chränkt,
das i Einigkeit bringe, wo Zwietracht isch,
das i Gloube bringe, wo Zwyfel quält,
das i d Wahrheit bringe, wo Irrtum herrscht,
das i Hoffnig bringe, wo Verzwyflig droht,
das i Fröid bringe, wo Truurigkeit isch,
das i Liecht bringe, wos fyschter isch.
O Herr, hilf mir, dass i nid derna verlange
tröschtet z wärde, sondern dass i tröschte,
verstande z wärde, sondern dass i verstah,
gliebt z wärde, sondern dass i liebe.
Wil: wär git, wird emfpa,
wär vergit, däm wird vergä.
Wär stirbt, wird zum ewige Läbe gebore.

Franz von Assisi

58

Wiehnachte z Thailand

Är reckt übere.

Läär!

«Nume d Ouge nid uftue», dänkt er. «No nid!»

Stilli.

Är leit sy Arm uf ds Bett näbe sich u stellt fescht: «Näbe mir ligt niemer!»

«Wiso ligt niemer näbe mir?», überleit er.

Langsam faat sys Hirni aafa wärche. Är tuet d Ouge e chlyne Spalt uf, wil er wott luege, öb würklech stimmt, was er gspürt.

Es isch so. Är ligt elei imene Doppelbett. Imene Doppelbett vomene Hotel. Sowyt isch er afe cho mit em Sammle vo syne Gedanke.

«Aber warum de elei?», fragt er sech. Das schynt er no nid chönne uf d Reihe z bringe.

«Was isch de gsy?», probiert er sech klar z wärde. «Was isch geschter, was isch di Nacht gscheh?», präzisiert er sy Frag.

«Ou, dä Gring!» E stächende Schmärz fahrt ihm dür d Glider – u mit eim Chlapf isch er wach. Tuet d Ouge ganz uf u luegt uf ds Näbebett. So wyt gseht er afe. Ds Bett isch nid nume läär, nei, es isch o gar nid brucht worde.

«Gschpässig!», seit er sech. Irgendwie fat er aber aafa begryffe, dass da geschter am Aabe öppis isch gsy, wo nid gwöhnlech isch abggange. U drum ligt jetze ke Frou näbe ihm. Sowyt gseht ärs. Mittlerwyle het er sy Chopf chli uf u luegt ufe Tisch, wo äne a der Wand steit.

«Uh, das gseht ja schöisslech us!», entfahrts ihm.

Dä Aablick u ds Chopfweh drücke ne zrugg uf ds Chüssi. E Momänt später probiert er, d Räschte, wo dert ufem Tisch stöh, mit sym Gringweh i Zämehang z bringe. Das isch gar nid so schwär. Dert stöh nämlech e ganzi Hampfele Büchse. Bierbüchse. Shinga-Bierbüchse, für gnau z sy. U de no e Fläsche Jack-Daniels-Whisky. Sy Lieblingsmargge. Fasch läär. Der Zämehang zwüsche Bier, Whisky u Gringweh isch also gmacht. U won er du no der übervoll Äschebächer gseht, isch ihm fasch alls klar. Fasch! Nume öppis passt nid i di Rundi. Ufem Tisch steit nämlech o ne Cherze. E ganz gwöhnlechi, roti Cherze. O si fasch läär – oder äbe, fasch achebrönnt.

«Was söll jetze das?», fragt er sech erstuunt. «Bier u Whisky passe zu mir», seit er. A das Bild isch er sech gwanet. «Aber Cherze?»

Är probiert wyter, syner Ghirnzälle i Bewegig z setze. Aber nid nume die. Är steit o langsam uf u zieht der Vorhang zrugg. Es bländet ne. Är gseht der strahlend blau Himmel, d Sunne wo schynt u d Lüt, wo am Swimming-Pool ihrer meh oder weniger schöne Körper lö la brun wärde. Aber nid nume dusse isch es häll. O i ihm inne fats langsam aafa tage. Für dass er aber all das under ei Huet bringt, mues er abhocke. Ufe Stuehl, wo dusse ufem chlyne Balkon steit. Di füechti, warmi Luft begleitet syner Gedanke.

«Also, no einisch ganz langsam vo vorne», fat er mit sym Sälbschtgspräch aa. «Ig bi hie z Phuket. Ufere Insle z Thailand. Mache hie Ferie u gniesse ds Läbe. Normalerwys han i am Morge o chli e sturme Gring. I der Regel nid so fescht wie hüt. Aber glych. Sowyt wärs afe einisch klar. U o dä vo de Zigarette, em Bier un em Whisky isch nid so ussergwöhnlech. Aber d Cherze? Di wott mer no nid ganz i ds Bild passe.»

«Ig u Cherze!», macht er sech über sich sälber luschtig.

«Halleluja!», entfahrts ihm. U du fats o hie chli aafa tage. «Halleluja», seit er no einisch. Das Mal aber chli zögernder. Ja, er chunnt langsam ufe Wäg.

Phuket. Hotel Sunfun. Drei Wuche Ferie. Elei imene Doppelzimmer. Spass. Unterhaltig. Wäg vom graue Alltag, häre zu de bildhübsche Froue, wos hie wie Sand am Meer git. Willegi Froue, nid so wie die bi ihm deheime. Froue, wo lache. Froue, wo schmychle, strychle, aahänglech sy. Froue, wo ne mängisch ume Verstand bringe, mit ihrne wunderschöne Ouge u ihrne schwarze Haar. U de ersch di schlanke, ranke Körper! Är verdrääit chli d Ouge, won er a di letschte Tage oder besser gseit, a di letschte Nächt dänkt.

Jede Mittag isch er ufgstande, het sy nächtlechi Begleitere verabschidet u isch de usgibig ga schwümme. Äntwäder i Pool oder i ds Meer. De isch er i Sand gläge u het sy Körper la ufwärme. Ja, sy Körper! Är het ne hert trainiert, deheime im Fitnessstudio. Me würdi ihn nid grad als Bodybuilder bezeichne, aber für sys ganze Erschynigsbild, sys ganze Getue, für sy ganzi Läbesystellig gits nume ei bestimmte Usdruck: Matscho!

Nachem Sünnele het er sech de schön gmacht, isch chli de Läde nache u het hie u dert öppe eis gnähmiget. Uf ds Nachtässe hi, isch er de i ds Hotel zrugg u het sech nachem Znacht no einisch für ne Gsundheitsschlaf, wien er däm lächelnd seit, häre gleit.

So uf di Zähni isch er i Usgang. U ds Phuket isch öppis los! Da gits Beize, Bare u no anderi Lokalitäte am Meter. Är het no gly einisch dusse gha, a welne Orte är am Meischte cha Ydruck mache. Dert isch er de salopp a d Bar ghocket u het a sym Bierli ume gnippet. Natürlech isch es nid lang ggange, bis sech e schöni Thai Frou het zueche gla. U wie sechs für ne rächte Matscho ghört, het er se zumene Getränk yglade. Meischtens Cola. Vo Bier oder sogar vo Schämpis hei di Froue nüüt wölle wüsse. Gredt hei si o mitenand – mängisch. Är isch zwar mit sym Änglisch nid vil wyter cho als bis zum Sälü- oder Adiösäge. Aber für das, won er vo de Thailänderinne het wölle, hets o nid vil meh Wörter brucht. Nach churzer Zyt sy de di Froue zuetroulech worde u hei syner Muskle zärtlech aafa strychle. Das Spieli isch wyter gloffe, bis er se im Hotelzimmer het uf sys Bett chönne lege.

U dä Matscho hocket also jetze ufem Balkon u dänkt. Dänkt, wil eigetlech alls stimmt – bis uf ds lääre Bett u di blödi Cherze.

«Was isch de geschter am Aabe speziells gsy?», fragt er sech zum Xte Mal. «I bi doch a Strand gläge. U bi de no chli ga lädele. Ja. Im Supermarkt bin i o no gsy. Ga Bier u Whisky choufe. Genau!», fallts ihm y. «Jetze ischs mer klar!»

Sy Mage überchunnt es flaus Gfüehl. Är wetti eigetlech nümme wyter dänke. Aber är cha ds Dänke nid verhindere. Är gseht sech, wien er hinde bim Liferanteygang vom Supermarkt steit u dert e grosse Datumskaländer aaluegt. Eine, wo vil Buddhistische Firlifanz drumum het. Uf däm Kaländer isch es Vierezwänzgi gstande. Natürlech isch ihm sofort i Sinn cho, was das bedütet: 24. Dezember. Heilig Aabe! Un är gspürt grad no einisch, wies ihm denn i d Glider isch gfahre.

«Morn isch Wiehnachte!», het er zue sech gseit gha. «Un ig hocke hie uf dere Insle, gniesse Strand, Sunne – u Froue.»

Wiso dass er sech e Cherze gchouft het, weis er eigetlech nümme. Jedefalls isch er du zum Lade us u het underwägs no nes Hämpfeli Sand mitgno. Im Hotelzimmer het er das Sand ufe Tisch ghüffelet u d Cherze dry gsteckt. Är het se no nid aazündet. Das wäri no z früech gsy. Ersch nach em Nachtässe. De churz chli «Wiehnachte fyre» u nächär yne i ds Gwüehl, het er sech vorgno. Hütt wetti är de vonere bsunderbar schöne Frou verwöhnt wärde. Eh ja, als Wiehnachtsgschänk sozsäge. So het er syner Plän gschmidet.

Nach sym Gsundheitschlaf isch er häre ghocket u het d Cherze aazündet. Es isch ihm ganz warm worde um ds Härz. Un er het a sy Jugendzyt dänkt. A ds Grossmüeti, wo geng so schöni Gschichte verzellt het. Aber o a Wiehnachtsboum het er dänkt. Mit syne vile Cherze, mit sym spezielle Duft. Es het ne dünkt, är schmöcki ne grad. Oder a d Gschänk, won er übercho het. Vom Grossvatter e Läbchueche, mit em Füfliber druffe. Är het so gärn Läbchueche gha u drum nie sicher gwüsst, a was er sech meh söll fröie, öb am Gäld oder am Ässe. O der Duft vo Läbchueche isch ihm i d Erinnerig cho. Är het i das Cherzli yne gluegt u derzue syner Bierli trunke.

Mänge Zigarettezug lang het er a sy Vergangeheit dänkt. Het dänkt a d Mueter, wo o Gschichte vorgläse het. Anders als ds Grossmüeti. Wie het jetze das Büechli ömel o gheisse? Es isch geng ds Glyche gsy. «We d Liechtli brönne», brümelet er vor sech häre. «Ja, we d Liechtli brönne. Vo der Elisabeth Müller», chunnt ihm o no i Sinn. U de d Gschichte? Die vom Ballon. Är lächlet u nimmt e Schluck Whisky. D Bierdose sy lengschte läär. Wyter mit de Gedanke: D Gschicht vo der Chrischtrose. Nume no bruchstückhaft i syre Erinnerig. Am Beschte het ihm die gfalle vo Holzbödelers. Geng u geng wider het se d Mueter müesse vorläse. U später het o är se underem Wiehnachtsboum syre Familie vorgläse.

Ja, sy Familie. Är nimmt wider e grosse Schluck. Wiehnachte mit syre Familie. Nümme so schön u fyrlech, wie denn als Chind. Fröhlech scho. Aber irgendwie hecktisch. Impulsiv u lärmig. Ghässig – später. Är nimmt no einisch e Schluck. Frou! Chind! Familie! – u de no grad eine. Wie wen er öppis müessti achespüele, wo wott uechecho. Wiehnachte. Sy ehemalegi Frou. Syner Chind.

Un är am Wiehnachtsabe z Phuket! Wyt ewäg vo deheime.

No ne Schluck. D Zigarette sy ihm usggange. U d Cherze isch o scho fasch achebrönnt. Är löscht se us.

«Schyss Läbe», mofflet er. «Alls e riise grosse Mischt!», fasst er zäme.

U d Träne rugele däm gstandne Maa über sys brune Gsicht z dürab. Waggelig uf de Beine steit er zum Bett zueche. Mit emene Drääi im Chopf dänkt er no einisch drüber nache. A Wiehnachte! A d Familie. A ds Elei sy. Schön? Wüescht?

Är geit use ufe Balkon. Dert wäit es liechts   Lüftli.

Wie usem Troum erwachet er. Är geit wider yne i ds Zimmer. Luegt im Verbygang d Cherze aa.

«Schyss Läbe? Alls e riise grosse Mischt?», fragt er sech – jetze im einigermasse nüechtere Zuestand.

Är dräit sech no einisch um, luegt wider zum Fänschter us – u gseht unde a der Pool-Bar scho di erschte Thailänderinne abhocke.

Wiehnachte
macht di Fröidige u Läbessüchtige
no fröidiger,
die Betrüebte aber,
wo schwär am Läbe z trage hei,
no truuriger.
Wiehnachte macht bewusster
als jede andere Tag,
wär im Liecht
u wär im Schatte läbt.

Gustav Heinemann

Mitarbeitergspräch

«Setzet nech!», seit my Chef mutz u zeigt ufene lääre Stuehl.

«Danke», giben i aaständig zrugg, i der Hoffnig, i chönni ne no fründlech stimme.

«Dir wüsst, warum dir da syt?», seit er du no chli stränger.

Mi dünkt fasch, di Frag sygi ehnder chli dernäbe. Schliesslech hanget syt drei Wuche e Zedel am Aaschlagbrätt, wo druffe steit, wär bi ihm wenn zum Mitarbeiterspräch z erschyne het. Bevor i cha ja säge, laferet er wyter. Drum han i nume gnickt.

«Heit dir öie Gsprächsboge usgfüllt?», ghören i ne frage.

U scho het er mi wider dert, won er mi geng het: im Egge. Wie ne chlyne Hund sitzen i dert u blinzle ne vo unde ueche ängschtlech aa. Natürlech han i probiert, dä Boge uszfülle. Aber da tue de, we de ke Ahnig hesch, was de söllsch schrybe. Sicher, i chönnti scho Züg u Sache häre chrible – so dumm bin i ja doch de nid – aber was sölls de nütze, we der Chef sy Meinig über mi scho lang gmacht het? U sy Meinig gilt. Nid Myni! I chönnti ds ganze Blatt voll chrible – är würds wahrschynlech nid emal aaluege. Also han is la sy. Scho wider la sy. U schüttle drum nume der Chopf.

«Ja, gseht der, das isch äbe o so ne Punkt! Genau so regelmässig wie dir dä Frageboge nid usfüllet, genau so regelmässig fählet dir o a öiem Arbeitsplatz», pängglet er mer di Vorwürf a Chopf.

Derby stimmt das ja gar nid! Das mit em Usfülle vom Frageboge scho. Das han i regelmässig jedes

Jahr «vergässe». Am Arbeitsplatz han i zwar o meh als einisch im Jahr gfählt. Aber de nid regelmässig. Nei, i ha halt albe müesse deheime blybe, we d Barbara ...

«Loset dir mir überhoupt zue?», chunnts scho lüter un i mues säge, dass er rächt het. I ha di letschte Sätz nid mit übercho. Är redt so vil, dass i gar nid nachemag mit lose. I mues nämlech über das nachedänke, won er seit. U dänke u lose glychzytig han i no nie guet chönne.

«Also. I ha öich scho am letschte Mitarbeitergspräch gseit, dass es mit öine Absänze nümme so cha wyter gah. Un i ha öich o während em Jahr es paar Mal müesse zrächtwyse ...»

Zrächtwyse! Genau so het mir das der Lehrer o gseit, denn i der Oberschuel. Är müessi mi geng zrächtwyse. I bi halt älwä e Maa, wo me geng mues zrächtwyse. Zum Rächte härewyse, wil i schynbar nid geng schyne z wüsse, was ds Rächte isch.

«... u drum gsehn i für öich i mym Betrieb ...»

Nenenei, so wyt bisch no nid! Dä Betrieb ghört geng no em Herr Grossebacher. Nid dir, du junge Laferi! Ou, so darf i nid über my Vorgsetzt dänke. Was würdi dä o säge, we dä wüsst, dass ig ihm Laferi gseit ha? Dä würdi schön usrüeffe u my zrächtwyse. Usrüeffe tuet er aber o ohni dass er weis, dass ig ihm innerlech Laferi gseit ha. Es lächeret mi chli, dass i öppis weis, won är nid weis ...

«... dünkt öich das öppe no luschtig? Das isch doch de afe allerhand, so öppis. Da meint mes no guet, bhaltet so eine no im Betrieb, obwohl me ne scho lengschte sötti uf d Strass stelle – u we me ne de uf d

Strass stellt, de lachet er no drüber. Nei, so öppis! Aber äbe, vo settige wie dir eine syt, han i no nie öppis Aaständigs chönne erwarte.»

Vo mir heigi me no nie öppis Aaständigs chönne erwarte, seit dä. U we dä das seit, wirds wohl stimme. Das passt ja zimlech gnau zu däm, wo my Lehrer u später o my Lehrmeischter hei gseit: Us dir wird nie öppis Gschyds. Ja nu, es wird öppe mys Schicksal sy, nie öpper z sy. Nume guet, dass i deheime my Barbara ...

«... wetti de vo öich no en Underschrift. Der Räschte reglet de bitte mit üsem Sekretariat. Heit dir no öppis wölle säge?»

Ja, jetze wott ig ihms säge. Wott ihm mys Härz usschütte. Es wird schwär, i weis es. Aber es mues sy. I nime töif Schnuuf u ...

«Ja nu, de nid. I wünschen öich glychwohl e schöni Wiehnachte. U Chopf uf: A irgend emene Ort wird me nech de scho no für irgendöppis chönne bruche.»

Adiö han i nid gseit. Ds Wort Adiö ligt mer nid. U uf Widerluege hätti ja nid da häre passt.

So. Jetze no ds Züg im Schäftli zämerume. Vil isch es nid. U de no der Schäftlischlüssel abgä. Vo de meischte Kollege han i mi verabschidet. «Schad» u «unverständlech» u «i begryffes nid», sy d Kommentare gsy vo ne. Aber äbe, sech gäge my Entlassig ufzlehne, het sech kene gwagt. Si stöh alli sälber z nach binere Entlassig. U wär sech bi üsem Chef z wyt uselähnt, vernimmt de bim nächschte Mitarbeitergspräch, wie vil z wyt dass es isch gsy.

«Der Herr Grossebacher bittet öich no i sys Büro», seit mer d Sekretärin fründlech, won i ihre der Schäftlischlüssel ufe Tisch lege.

«Mi sicher nid. Das mues e Verwächslig sy», ghören i mi säge, wil i mir nid cha vorstelle, dass der Bsitzer vo dere Firma sech Zyt für mi wott näh.

«Chömet einisch mit i mys Büro», seit öpper hinder mir un i gspüre, wie sech di grossi Hand vom Herr Grossebacher uf my Schultere leit u mi sanft, aber bestimmt, zu der Tür drückt. Es chunnt mer vor, wie denn bim Pfarrer i der Underwysig. Dä warmhärzig, güetig, verständnisvoll u lieb Mönsch isch der Einzig gsy, wo mi i dere Zyt verstande het. Är het sech Zyt gno für mi. Öppis, wo weder myner Eltere, no myner Lehrer …

«Sitzet ab!», befihlt o är, aber lieber als der Chef.

«So, dir weit üs also verla?», fragt er mi fründlech.

«Wölle …!», sägen i nume un i weis, dass är weis, was i meine.

«Ja, i ha vo öiem Vorgsetzte verno, was ggange isch. Un i ha o öier Akte studiert. Ha gseh, was dir i öiem Läbe afe alls gmacht heit. Derby isch mer ufgfalle, dass dir während der Schuelzyt rächt gueti Note heit gha. U o öij Lehr heit dir mit fasch emene Füfi abgschlosse. Das isch doch afe öppis, oder!», seit er un i mues wider lächle, wil i dänke, wie wenig das es eigetlech brucht, für vomene schlächte Vierkommasächs, zumene guete Faschfüfer z cho.

«Gseht dir, jetze hellet sech öies Gsicht scho chli uf. Un i dänke, über das Ufhelle sötte mer no chli zäme brichte. Also. Öier Note sy guet. Öies Verhalte gägenüber öine Kollege isch usgezeichnet.»

Wohär wird dä das wüsse? Dä cha sech i sym Betrieb chuum um settigs kümmere.

«Dir fraget öich, wohär i das weis? Ganz eifach: I bi ga frage! Denn, wo dir wider einisch nid syt da gsy. Dänket nid, der Grossebacher hocki der ganz Tag i sym Büro u tüeij Gäld zelle. Für Gäld z zelle han i der Buechhalter. U für ds Wärche han i myner Mitarbeiter. U die sy mer wichtiger als d Resultat vom Buechhalter. Drum bin i meischtens rächt guet im Bild, was bi öich unde louft. Dass dir mängisch gfählt heit, das weis i o nid ersch syt geschter. U dass öie Chef mit öich scho syt zwöi Jahr nid z fride isch, isch mir o bekannt. Also chöit dir mir nüüt vormache. Nume wetti vo öich ghöre, wiso dir so mängisch gfählt heit?»

Was söll i ihm säge? I cha doch nid … I darf doch nid … We das …

«Näht nech nume Zyt mit der Antwort!», seit mys Gägenüber fründlech u sy Rueh steckt mi irgendwie aa. Scho wider chunnt mer der Pfarrer i Sinn.

«Wüsst der, i ha …», meh bringen i nid use u warte druf, dass er nachefragt. I bis gwanet, dass me scho nachefragt, bevor i z Grächtem ha chönne überlege. Aber är seit nüüt. Hocket eifach da u wartet.

«Wüsst der, i ha halt deheime my Barbara. U die het …» I cha doch nid … U wie söll ig ihm … U wen är de … Was dänkt är äch … Chum, säg mer doch, dass i jetze use söll mit der Sprach. Oder säg mer doch, dass i e Längwyler syg. Lueg doch uf d Uhr, oder tue dyner Bigeli ufem Tisch büschele, für mer z zeige, dass i söll vorwärts mache, wil du nid lang Zyt hesch für mi.

Aber är seit nüüt – u tuet nüüt. Hocket geng no eifach so da u wartet.

«Wüsst der, i ha halt deheime my Barbara. U die het halt … Die isch halt … Drum brucht si mi halt albe …», wyter chumen i nid. U im dümmschte Momänt drücke jetze no d Träne füre. I kenne das! Geng wes drufab chiem, grännets mir. Geng wen i sötti my Maa stelle, rägnets. Zieht sech e nasse Film über myner Ouge. Derzue würgets mi im Hals, dass i fasch ke Luft meh überchume. U das isch de albe ds Ändi vomene Gspräch. «Göht jetze u chömet de später wider», säge si im beschte Fall. «Geits de no?», isch aber ehnder d Regel.

Der Herr Grossebacher steit uf, chunnt uf mi zue u leit mer wider sy Hand uf d Schultere. U wartet.

«Wüsster», nimen ig no einisch Aalouf. «Wüsster …, my Barbara het …»

«… MS. I weis», seit er u bewegt syner Finger uf myre Achsle. «U je nachdäm wies ihre geit, cha si elei deheime sy – oder brucht äbe öij Hilf. U de blybet dir halt albe deheime für ihre z hälfe.»

«Ja, wiso … Dir … Warum – wüsst dir das?», pressen i use u la der Chopf la hange.

«My Frou lydet syt emene Jahr a der glyche, schwirige Chrankheit. Üser Froue hei sech einisch bim Dokter troffe u sy mitenand i ds Gspräch cho. D Wält isch halt chly.»

Är steit geng no näbe mir. U o sy Hand ligt no uf myre Schultere.

«Wiso heit dir öiem Vorgsetzte nüüt dervo verzellt?», fragt er. U plötzlech chunnt Läbe i sy Hand. Är zieht se furt, geit hindere Schrybtisch u sitzt ab.

«I has ja probiert, aber i cha mi halt nid so guet us-
drücke. Für so öppis z erkläre bruchen ig halt Zyt. I
mues zersch d Wort büschele. U die Zyt han i nie
gha. Am Arbeitsplatz sowiso nid – u bim Mitarbeiter-
gspräch …»

«… stöht dir so under Druck, öppis müesse z säge,
dass dir grad ersch rächt nüüt usebringet», schliesst
er my Aafang ab. I nicke nume.

«Derby wäri grad ds Mitarbeitergspräch derzue da,
für de Lüt Zyt z la zum Dänke. Ne Zyt z la, dass si
chöi überlege, was si wei säge. Un es sötti o daderzue
da sy, dass o di Vorgsetzte chönnte dänke, bevor si
rede. Ds Mitarbeitergspräch wird leider vilmals nume
brucht für d Lohnerhöchig z definiere. U grad für das
wärs äbe nid dänkt. Aber i weis, dass mir da i üser
Firma no es Problem z löse hei. Zersch löse mer aber
öies. Dir wärchet natürlech wyterhin i myre Firma.
Aber inere andere Abteilig. Bimene verständnisvolle-
re Chef. I drei Tag isch Wiehnachte. U de chunnt d
Altjahrswuche. U de d Nöijahrswuche. Em nünte
Jänner isch für öich hie wider Arbeitsbeginn. Vorhär
wott i öich nümme im Arbeitsgwand gseh. Göht jetze
hei. Öij Frou brucht nech. U de no: We dir wider ei-
nisch müesst deheime blybe, de lütet öiem nöie Chef
aa u säget ihm eifach, dir chönnet nid cho. Är weis,
dass mir Zwee das so abgmacht hei. Heit dir no Fra-
ge?»

Obwohl i jetze Zyt hätti, öppis z säge, bringen i ke
Ton füre.

«Also. De wünschen i öich u öier Frou e friedlechi
u liechterfüllti Wiehnachte – u vil Chraft u Zuever-
sicht für ds nöie Jahr.»

Dene wos guet geit
giengs besser
giengs dene besser
wos weniger guet geit
was aber nid geit
ohni dass es dene
weniger guet geit
wos guet geit

drum geit weni
für dass es dene
besser geit
wos weniger guet geit
u drum geits o
dene nid besser
wos guet geit
                    Mani Matter

Wiehnachtsböimli

So. Jetze no ds Liecht lösche u de … Äntleche Wiehnachte!

Är schnufet uf u luegt uf d Armbanduhr: «Äh, es isch halt scho wider spät worde!»

Glychwohl het er e zfridne Gsichtsusdruck, dä Maa, wo jetze em Usgang vom Gschäftshuus zue geit.

Är nimmt sys iPhone i d Hand u wählt: «Hallo Fritz. Los, i bi i füf Minute bi der. I hoffe, i bringi ds Böimli i mys Outo … Was …? Säg das no einisch! Nei …! Geits no! Hee! Du hesch mir doch gseit … U was söll i jetze? Um die Zyt überchumen i ömel … Ja, o schöni Wiehnachte!» «Lööl, du!», rüeft er, won er ds iPhone abstellt.

Was söll er jetze? Heilig Aabe, zäh ab sibni, ufem Wäg gäge hei. Oder äbe, besser gseit, är wäri ufem Wäg zum Kolleg gsy, wo ihm versproche het, är bsorgi ihm es Tanneböimli. U jetze seit dä, är heigis vergässe. Ganz eifach: vergässe …

Der erscht Gedanke: Eis ga choufe. Aber äbe: D Gschäft hei ja scho zue. Der nächscht Gedanke: Es Böimli ga houe! Är isch aber Buechhalter, nid Forschtarbeiter. U i Bchleidig u Gravatte gieng ds Böimlihoue sicher nid grad gäbig.

Was de?

«Äh, isch das jetze es Züg!», rüeft er lut us u erchlüpft ab sich sälber, wils ganz u gar nid sy Art isch, uszrüefe. Aber di Situation isch für ihn würklech meh als ergerlech. Är stellt sech vor, wie sy Frou u syner zwöi fasch erwachsene Chind wärde reagiere, wen er ne mues ga säge, dass si hüür kes Wiehnachtsböimli heige. Wil sy Kolleg ... Nei, eigetlech wil är ... Unvorstellbar!

U glych: Was blybt ihm Anders übrig?

Är chratzet sech am Chopf u stygt du i ds Outo y, für gäge hei z fahre. E schwirige Wäg, wil er sech geng wider derby ertappt, dass er a das fählende Böimli u a d Reaktion vo syre Familie dänkt, statt a d Verchehrssituation.

«Geits no!», rüeft sy Frou, won er der Famile das Missgschick erklärt.

«Ja, das han i ihm o gseit. Aber was wosch? I chas o nid ändere», meint er verzwyflet.

Sy Familie steit vor ihm. Ei grosse Vorwurf het sech da versammlet. Si stiere ne aa. Si chlage ne aa. Si verstöh ne nid. Un är versteit sech sälber nid. Wiso het er uf di letschti Minute gwartet? Wiso het er emene Kolleg vertrout? Wiso isch er syre Familie gägenüber geng so ne Versäger, so ne liederleche Kärli? Wiso nimmt er sech nid meh Zyt für se? Wiso isch ihm sy Bruef wichtiger? Wiso investiert er vil meh Chraft u Zyt i dä, statt i sy Familie?

Är weis nid was i ihm inne stercher isch, ds über sich Verruckt z sy oder ds sich sälber Beduure.

«So. Fertig aagchlagt. Das bringt nes nid wyter. Mir wei luege, was mir us dere Situation chöi mache.» D Frou stellt e Stuehl i dä Egge, wo si für e Boum het vorbereitet gha u stellt d Schachtle mit em Wiehnachtszüg druf ueche.

Me ghört förmlech der Chemp, wo em Maa abem Härz gheit. Un är isch gottefroh, dass sy Frou d Initiative ergriffe het. Är sälber wäri am Liebschte hindere i ds Schlafzimmer ga d Bettdechi übere Chopf zieh. Natürlech geit das nid. Scho wäge de Chind nid. Obwohl die ja imene Alter wäre, wo si sech sälber chönnte beschäftige. Aber a Wiehnachte d Chind elei la …

«Wei mer afe einisch chli blockflötle oder singe?», fragt ds Meitli schüch, wils i der Wohnig völlig knischteret vor Spannig.

«Sicher nid! Das wär de öd, so ohni Boum», mofflet der Giel u luegt em Vatter vorwurfsvoll i d Ouge: «Nei, i möchti einisch ganz e anderi Wiehnachte fyre. Di Situation hie isch doch d i e Glägeheit, für usem normale Trott usezcho. U we mes gnau nimmt, isch ja Wiehnachte schliesslech nid es Fescht, wo me sech zrugg zieht, sondern wo me us sech usegeit. Wo me gmeinsam fyret. Gmeinsam heisst aber o, mit Andere, nid nume mit de eigete Lüt.»

«Wie meinsch du das gnau?», fragt d Mueter chli zögerlech, wil si weis, dass ihre Sohn – im Gägesatz zu der Tochter – e aktive, initiative u drufgängerische Mönsch isch u mängisch nume so sprudlet vor Ideene.

«Eh ganz eifach. Mir lade Lüt zu üs y. De hei mer statt es Wohnzimmer mit Tanneboum, es Wohnzimmer mit Lüt.»

«Spinnsch», eryferet sech d Schwöschter. «Chasch jetze älwä ga Lüt ylade. Am Heiligaabe, wo jede deheime isch u Wiehnachte fyret.»

«Da wäri de nid so sicher, dass jede deheime isch u Wiehnachte fyret. Un i bi überzügt, dass meh Lüt underwägs sy, wo niene chöi Wiehnachte fyre, als mir dänke.»

Der Vatter skeptisch: «Ja, de sölle mir mitenand usegah u Lüt frage, öb si zu üs möchte cho Wiehnachte fyre? Scho chli schreg oder nid?»

«Heschs aber tschegget!», meint der Sohn. «Mir göh nid mitenand, sondern jedes für sich. Ds Ziel isch es, dass jedes mindeschtens zwo, bis maximum vier Persone mit hei bringt.»

«Git sächzäh Persone – ohni üs! Du spinnsch doch!» D Schwöschter isch nid so ring z überzüge.

«U we si de hie bi üs sy, was wei mer de mit ne mache?», fragt d Mueter.

«Das wo o d Hirte hei gmacht. Das wo o d Maria u der Josef hei gmacht. Teile! U zwar das, wo mir hie hei. Es erwartet niemer, dass du es Mönü ufe Tisch bringsch, Mamm. Satt sy wei si. Nid meh. U für satt z sy bruchts kes Chinoise. Kes Filet. Es tuets e Suppe oder chli Corn Flakes. U vo settige Sache hets ja gnue bi üs, oder?»

Der Sohn sprudlet völlig. Bi de Andere haltet sech d Begeischterig aber i Gränze.

«Dir syt mir o Chrischte, dir. Weit Wiehnachte fyre u we i öiem Tanneboum-Wiehnachtschugle-Chinoise-Fescht nume eis Teili fählt, steit Wiehnachte Chopf. Derby het das Fescht eigetlech mit all däm gar nüüt z tüe. Sondern nume mit Nächschteliebi. U mir hei hüür di einmalegi Glägeheit z bewyse, dass mir Wiehnachte verstande hei. Syt dir derby?»

«Ja, scho. Jaa ...», chunnts geng no chli zögerlech vo der Mueter här. U: «Aber für Lüt ga z sueche, würdi vorschla, dass mer zwo Gruppe mache. Manne u Froue. Un i dänke, we mer je füf bis sächs Persone finde, chönnti das no ganz spannend wärde ...»

«Meinsch?», seit der Maa nume. O är cha dere Idee no geng nid vil abgwinne. Wil aber ja är d Ursach vo dere Misere – wien er dere innerlech seit – isch, darf er sech natürlech nid dergäge wehre.

«Also inere guete Stund träffe mer nes wider hie, u de luege mer, was nächär passiert.»

«Guet. Aber muesch de nid jede Lööl ylade, du mit dyre überschwängleche Härzlechkeit», rüeft d Schwöschter ihrem Brueder no nache.

Unglöibig stöh di vier Persone im Egge, wo der Wiehnachtsboum gstande wäri u luege i d Stube use. Dert gsehts us, wie nach emene Ärdbebe. Chrüz u quer stöh Stüehl em Züg desume. Der Stubetisch isch überstellt mit dräckigem Gschir u lääre Gleser. U am Bode lige Päcklipapier, Karton, Wiehnachtsbändeli u süsch no allergattig Züg.

Die Vieri chöis no fasch nid gloube, was sech i de letschte Stund hie inne abgspilt het. Nachdäm beidi Gruppe i churzer Zyt d Lüt i d Wohnig hei bracht gha, het d Mueter i der Chuchi es Büffe ygrichtet. Mit allergattig Züg. U di Ygladne hei sech bedient. Es sy fasch usnahmslos Lüt gsy, wo nid uf der Sunnesyte vom Läbe sy gstande. Lüt, wo am Heiligaabe eine vo de schwärschte Aabete vom Jahr hätte hinder sech müesse bringe. Lüt, wo dankbar si gsy, dass si amene Ort i d Wermi hei chönne. Aber o Lüt, wo Gschichte z verzelle hei gha. Nachem Ässe isch chli e Lääri entstande. D Tochter het du es Lied blockflötlet u us däm use het e elteri Frou verzellt, wie si als Chind o gärn blockflötlet hätti, dass si aber nie Glägeheit derzue übercho heigi, wil de Eltere eifach ds

Gäld gfählt heigi für eini z choufe. E andere Maa het du verzellt, dass er früecher Bruefsmusiker sygi gsy. Bis dass er sech d Hand broche heigi u du heigi müesse höre. Syt denn heig er der Rank im Läbe nie meh richtig gfunde. Musig sygi äbe scho sys Läbe gsy. U ohni die …

So sy a däm Aabe Wiehnachtsgschichte zäme cho, wo spannender u ehrlecher si gsy, als jedi gschribni oder vorgläseni Gschicht. U so het jedes a däm Wiehnachtsaabe gmerkt, dass o äs es ganz eigets, speziells Läbe het, wo – trotz de üssere Umständ – glychwohl läbenswärt isch.

Bim Abschied het mängs Öigli glänzt. Dankbarkeit isch über allem gstande. Dankbarkeit, dass es glych- wohl allne einigermasse gäbig isch ggange. Dankbar- keit aber o der yladende Familie gägenüber.

«Vergissisch ds Wiehnachtsböimli nächschts Jahr o wider?», fragt d Frou.

«We de meinsch …», lächlet der Maa z fride.

Die beide Chind hei gstrahlet!

Di besinnleche Tag
zwüsche Wiehnachte u Nöijahr
hei scho mänge
um d Bsinnig bracht.

Joachim Ringelnatz

Schöni Wiehnachte

Wele Wy söll i äch zum Ässe näh? E Burgunder oder e Schwyzer? Der Vatter het lieber Schwyzer. D Mueter lieber Burgunder. U de zum Apéro? Vilecht dert e Schwyzer? Ja, i nime für e Vatter zum Apéro e Nöieburger oder Bieler, de rutsche mer übere Jura übere i ds Burgund, u de chunnt de d Mueter i Gnuss.

I ghöre se scho: «My Tochter het Gschmack – ömel bim Wy ussueche», wird si säge. U derby ihre Blick dür my Wohnig la streiffe, wo halt modern ygrichtet isch u ihrer Uffassig vom schöne Wohne ganz u gar nid entspricht.

Also no einisch: Zum Apéro machen i Crostini mit früschem Geisschäs. Derzue äbe der Wysswy. De chunnt d Vorspys: Caprese Türmli – ufh, fasch hätti der Mozzarella vergässe. Nume ruehig! Das geit de scho. Es chunnt scho guet!

No einisch: Caprese Türmli zur Vorspys. U de zum Trinke? Eh i nime aa, dass de der Wysswy no nid läär isch. Der Vatter mues ja schliesslech no hei fahre mit em Outo. U d Mueter trinkt ja nid vil Wysse.

Guet. D Vorspys hätti.

Jetze zum Houptgang.

Dä isch klar: Bäeckeoffe, oder wie d Elsässer däm ömel o geng möge säge. Syt myner Eltere einisch im Elsass Ferie gmacht hei, isch das bi üs ds traditionelle Wiehnachtsässe worde.

Bäeckeoffe! E Eitopf mit verschidenem Fleisch u verschidenem Gmües. Geng wider hei si sech das gwünscht. U für Wiehnachte isch das eigetlech o no es gäbigs Mönü. Das chan i vorbereite u de im Bachofe la stah. Während dere Zyt chan i mi em Apéro, der Vorspys un em Dessert widme. Ah ja, ds Dessert! Fahrsch mit de Gedanke geng wider näbe use. Konzentrier di. Hesch nümme allzulang Zyt zum Überlege. Söttisch ja scho bim Ychouf sy. Also Dessert: Linzertorte – für d Mueter. Si het se so gärn.

So. Der Ychoufszeddel wäri gmacht. Hani äch …?

«Trrrrrr … Trrrrrrr …»

Oh nei, i ha doch ke Zyt für z Telefoniere. Wär isch es äch? Ds Display ufem Telefon zeigt mers aa: d Mueter!

«Hallo Muetei – aber nume churz, gäll, i mues gah … Ja … Klar … Sicher … Ja, es git Bäckeoffe … Klar … Guet … Du los, i … Ja … Ah, no …? Guet … Guet … Ja … Tschou!»

Uf! Geng di Erwartige! Öbs de würklech Bäckeoffe gäbi, het si wölle wüsse. U der Vatter heigi de … U si möchti de …

I hätti gueti Luscht z säge, dass si doch sälber sölle luege. I mög hür nid. Schliesslech han i di ganzi Wuche gwärchet. U am hüttige Wiehnachtssamstig hätt ig nume no Luscht uf Rueh. U gar nid uf ds Choche, Choche u nomal Choche! U am Sunntig de dä ganz Zouber wider ufrume u putze.

Ja nu. Es sy halt d Eltere. U als einzegi Tochter chan ig ihne chuum säge, si sölle deheime blybe u sälber Wiehnachte fyre.

Läck das Gstungg!

Zum Glück han i my Ychoufszeddel no einisch gschribe. U zwar so, dass i im Ychoufszentrum der Reihe nah alls cha ylade. Das erliechteret d Ychouferei sehr. I stürme de nid chrüz u quer dür d Gäng dür. Das überlan ig de Andere. Uf di Art cha me de scho …

He, spinnsch!, wetti säge. Darf aber nid. Das isch ja schliesslech en elteri Frou, wo mi mit ihrem Ychoufswägeli vo hinde attakiert. Vilecht gseht si nümme so guet. He, nid no einisch! So wie si tuet, gseht die nid schlächt. Ömel uf my vernichtend Blick het si reagiert.

Wyter zum Chäs. Ach, das isch jetze doch … Mues i würklech bim Früschchäs aastah? Hets würklech ke abpackte Geisschäs meh? Uf, di Lüt da vor dranne. Oh nei, muesch jetze nid füre dränge, alte Gstabi. O das natürlech lyslig. I frage mi, wiso di pensionierte Lüt usgrächnet hütt müesse ga ychoufe. Di hätte ömel di ganzi Wuche Zyt u chönnti üs Arbeitstätige der Samstig überla. Aber nei, i ds gröschte Gstungg yne müesse si. U de no vordränge. Eim vo hinde i d Bei fahre.

He, geits de no! Scho wider so eine. Das Mal e Junge, wo lang nach mier aagstande isch. Aber äbe, ig als chlyne Gröggel falle nid uf. We da so nes Mannevolch chunnt, wo ne Chopf grösser isch als ig, gseht d Verchöifere natürlech dä. Drum mues ig …

«I bi dranne!» Das Mal sägen igs lut u dezidiert, wil nämlech scho wider eine wott schnäller sy.

«Hundert Gramm Geisschäs sötti ha, wen er weit so guet sy.» Eh ja, es choschtet ja nüüt, fründlech z sy. U tuet dere Frou vilecht guet. Schliesslech isch das o ke Schläck, i däm Gstürm inne no d Übersicht z bhalte u fridlech z blybe.

«Danke vil Mal. O öich e schöni Wiehnachte – wen er ömel de derzue chömet.»

So. I gloube i ha alls. Ou! Scho so spät? Jetze mues i aber schlöinigscht a d Kasse. Hoffetlech hets dert nid z vil Lüt.

Die Hoffnung stirbt zuletzt, ghören ig mi säge, won i d Schlange a de Kasse gseh. My Kasseschlangebeurteiligsblick zeigt mir aber, dass a der Kasse sächs wohl meh Lüt aastöh, dass die aber ihrer Wägeli nume wenig gfüllt hei.

Also d Kasse sächs.

Nenei, da bin i jetze eidütig u klar ehnder gsy! Scho wider so ne alte Chlous. Du hesch doch Zyt! Hesch ja süsch nümme z tüe. U deheime chunnsch der Frou o no grad chli zu der Wohnig us, we de geisch ga ychoufe. Drum nimms gmüetlech. Jedi Minute, wo de hie bisch, fröit dy Frou. Chasch …

«I wünsche öich e schöni Wiehnachte!»

Unglöibig stahn i da. Mys Muul blybt offe. I starre i das Gsicht da vor mir.

«I wünsche öich e schöni Wiehnachte!» I ghöres, wie nes Echo.

Wiso erschlat mi dä Wunsch jetze fasch? Isch es der Maa, wo da redt? Nei. Das isch e jüngere Typ, eine wie vili Anderi o.

«I wünsche öich e schöni Wiehnachte!» No einisch.

Aber nid vo ihm gseit. Nei, dä Wunsch ertönt i mir inne u löst i mir inne öppis us, won i nid cha yordne. Es wünscht mir öpper e schöni Wiehnachte. Un ig bi am Stresse. Nid wäge der schöne Wiehnachte. Nei, wäge de sehr erwartigsvolle Eltere.

Was wär de für mi e schöni Wiehnachte?

«Weit dir jetze o der chan ig?», fragt mi der alt

Chlous u dütet uf ds Loufband vo der Kasse. Är söll. I cha jetze no grad nid.

Schöni Wiehnachte! E Gedanke.

No einisch: Was wäri de eigetlech für mi e schöni Wiehnachte?

Chrischtchindli, Chrippli u so heilige Züg ghöre für mi nümme derzue. U o d Ässereie nid. Ganz u gar nid. Cherze aber. Warmi, lieblech lüchtendi Cherze. Chli Gschmack nach Chriis u Zimet sötti o derby sy. E Glüehwy, vilecht. U vorab öppis für e Mage z fülle. Nume für ne z fülle. Was das wäri, spilti eigetlech ke Rolle. Nächär de fyni Musig. Es Buech. Gschichte. Warmi Gschichte mit glücklechem Usgang. Aber kes Härz-Schmärz-Züg. Nei, weich u – wie d Musig – mit fyne Undertön sötte si sy. Heimelig.

I ertappe mi, wien ig mir myni «schöni Wiehnachte» baschtle. So, wien ig mir vor es paar Stund my Mönüplan bbaschtlet ha.

Schöni Wiehnachte wäri also zersch e Büchse Ravioli. Geit schnäll u fueteret.

De d Pfanne abwäsche u ds Gschir i d Maschine ruume. Erledige, bevor fyre. Der Glüehwy plodere, u de ab i ds Wohnzimmer. Drei grossi Cherze ufe Salontisch. Drei, nid vier. Bi viere wärs z eggig. Chli Haydn ab Stereoaalag. E Wiehnachtsgschicht i Buechform. U de hindere lige u gniesse …

Ja. Hindere lige u gniesse. Wiehnachte gniesse. D Fynheit erläbe. Erläbe, nid erchoche, nid erässe, nid ertrinke u erdiskutiere. Nei, erläbe. Gniesse …

Wie vo Geischterhand zoge, stüret my Ychoufswage de Waregstell zue. Im Rückwärtsgang quasi.

Un i lege Stück für Stück all das i d Gstell zrugg,

won ig i der letschte Halbstund i Wage gleit ha. D Lüt luege zwar komisch, aber das isch mir glych. I ha gnue vo all däm Balascht. I wott hür e schöni Wiehnachte. U das geit bi mir nume ohni das ganze Ychoufs-, Choches- u Ässensgstürm. Der Geisschäs giben ig em verdutzte Frölein zrugg.

«I bruche ne nümme», ghören ig mi säge. Jetze no d Ravioli u der Wy zum Glüehje. U Zimet. Cherze han i deheime no gnue.

Schön gsehts us, mys Wohnzimmer. Gmüetlech u warm. Es isch alls parat. Di drei Cherze lüchte scho. D Musig süslet fyn. Der Glüehwy, wo nach Zimet schmöckt … I bi i richtig gueter Stimmig. Liecht um ds Härz isch es mer. I chönnti flüge vor Wöhli. I fröie mi uf …

Ersch jetze dänken i drüber nache, was äch myner Eltere wärde säge, we si gseh, dass i anders wott Wiehnachte fyre, als dass si das vo mir erwarte.

Ersch jetze dänken i dra, dass i gar nid weis, wie si wärde reagiere, we ihres Töchterli ihne statt Bäeckeoeffe, Ravioli serviert. U ersch jetze fragen i mi, was si wärde säge, wes weder Apéro, no Vorspys no Dessert wird gä. U weder Wysse no Rote, sondern Glüehwy.

U ersch jetze wirds mer gschmuech. Der Mage fat aafa chehre u drääie u o d Blase lydet under myre Unrueh. I mues no schnäll …

«Ding, dong», tönt d Husglogge.

Tue doch nid so närvös. Bisch doch erwachse gnue, für sälber über dys Läbe chönne z entscheide. Gseht äch my Frisur no guet us? Was säge äch myner Eltere? Bisch doch es Huen, so eigesinnig u egoistisch z dänke. Bisch doch es Huen, so z zwyfle. Bisch doch nid ganz bi Troscht. Dyner Eltere hättes doch verdienet, dass … Myner Chnöi schlottere.

«Ding, dong», no einisch.

»I chume!», ghören i mi rüefe.

Tue d Hustür uf. Vor mir steit d Mueter mit emene Gschänk i der Hand. Der Vatter luegt chli verläge dry. I gibe beidne d Hand u ghöre mi säge:

«I wünsche öich e schöni Wiehnachte …»

I cha d Wuet durchus verstah,
wo öpper cha packe,
we Aafangs Novämber bereits
d Wiehnachtsglogge lüte,
damit d Kasse besser klingle.

James Leigh Hunt

Kobi

Was nuschet der Kobi i dere Schublade? Z hinderscht hinde, us ere alte, sperrholzige Zigarrechischte, nimmt er zwee Füfliber use. Glänzegi, nöij Füfliber. Är luegt se aa u leit se de süferli i sys abgschabete, läderige Portmonnee. Nid zum andere Münz. Nei, är leit se separat i nes Fächli.

U de wicklet er no e roti Cherze us emene wysse Papier, luegt o die aa, wicklet se de wider y u steckt se i Chuttebuese. Ufem Gsicht zeigt sech es zfridnigs Lächle. Es isch es Gsicht, wo me d Jahr drinne cha läse, wo Kobi scho hinder sech het. Töifi Furche zieh sech dür di dunkli, verwättereti Hut. Der wyss, strublig Bart treit mit syre Wildheit o nüüt zu der Verfynerig vo däm Usdruck by. Aber das ghört zu Kobi. So kennt me ne hie obe. Syt Jahrzähnte.

Är isch scho hie uf d Wält cho. Amene ganz abglägne Egge i däm Tal. Hie isch Kobi gebore worde. U hie läbt er. Är isch nie wyt furt gsy. Nume dür ds Militär isch er i d Innerschwyz cho. Süsch het Kobi nüüt vo der Schwyz kennt. Warum o? Ihm isch es wohl gsy derby. U wen er im November a Märit u i der Altjahrswuche a ds Jahreschlussfescht vo der Gmeind het chönne gah, isch ihm das a Abwächslig für u für gnue gsy.

So wie jetze dä alt Maa vor syre Hustüre steit, gseht me ne de nid all Tag. Nei, eigetlech isch Kobi nume ganz sälte im Jahr so aagleit. Di schwarze, suber putzte Schue, di brune, halblynige Hose u der glychfarbig Chittel, mache us däm chnorrige Mändel gwüss es hübsches Manndli. Nume sy alti Tubackpfyfe, wo im rächte Muulegge hanget u d Zöttelchappe, wo nid ganz zu däm Bild wott passe, sy übrig bblibe vom «Wärchtigs-Kobi.»

Won er di erschte Schritt vom Huus wäg tuet, reckt er zu der Zöttelchappe ueche u zieht se no chli meh über sys Gsicht ache. E byssige Luft blast ihm drum entgäge.

Sy Wäg füehrt ne i ds Tal ache. Ache zu de Lüt. Früecher – u Kobi mag sech de no a vil bsinne vo früecher – hets no kener so gäbige Strasse ggä. Di einzegi Verbindig, wo si zum Tal us gha hei, isch e Charrwäg gsy. U dä nimmt jetze der Kobi o under d Füess. Är geit nid gärn di nöij Strass z dürab. Är nimmt lieber der alt Wäg, wil er dä besser kennt als der Nöi.

Nachdänklech luegt er no einisch zrugg zu sym Hüsli. Äs steit chli underhalb vo der Sagi. Rächts vo der Strass. Näbem Hüsli d Schüür, won er früecher syner Tierleni dinne gha het. Wehmüetig dänkt er a die Zyt zrugg, wo ds Vroni un är no zäme hie gwohnt hei.

Ja, ds Vroni! Der Kobi schüttlet sech düre. Nei, es isch no nid Zyt! Anderi Gedanke wott er dänke. Drum luegt er jetze i d Natur use. Si het sech vorbereitet ufe Winter. Am Bode lige Bletter. Verby mit der Läbeschraft vom Früehlig. Verby mit der Wermi vom Summer. Verby mit der herbschtleche Farbepracht. Jetze isch usgläbt.

Kobi schüttlets no grad einisch. Usgläbt! Ja, o är het de öppe einisch usgläbt. Aber o für das isch es jetze no nid Zyt! Är luegt i ds Tal ache. Wie mängisch isch er äch dä Wäg scho gloffe? Kobi chönnti chuum so wyt zelle.

Jahrzähnte lang het er ufem Militärflugplatz gwärchet. Handlanger het me däm früecher gseit, won er gmacht het. Später hei si du dere Arbeit en andere Name ggä. Kobi weis ne nümme. Handlanger het ihm uf all Fäll besser gfalle. Da het er ömel no gwüsst, was dermit gmeint isch gsy.

«Lööl was de bisch!», brümelet er i Bart yne, wil er über ne Wurzle gstolperet isch, won er nid gseh het. Syner Gedanke hei ne la unvorsichtig wärde. Chli gfährlech i däm Alter. Nid dass er nümme guet z Fuess wäri gsy, nei, mit füfesibezgi loufti Kobi de no mängem Jüngere dervo. Aber sys Ougeliecht isch nümme wie früecher. Är gseht drum nid alls meh so prezis.

I junge Jahre isch das anders gsy. Als böse Schütz het er mit em Karabiner nid mänge brucht z fürchte. Wo si ne du aber imene WK uf das nöimödische Sturmgwehr umgrüschtet hei, isch ihm ds Schiesse verleidet. Gäld für ne Karabiner z choufe, het er nid gha u drum het er das Hobby ufggä.

Kobi reckt sech a Bart. Füecht isch er. Un er merkt o, dass di Füechti über em ganze Tal hanget. Spätherbschtwätter. Är streckt sy Nase chli füre u schnufet i churze Züüg di chalti Luft y.

«Es schmöckt nach Schnee», seit er u luegt gäge ds Dorf füre. Dert lige d Hüser chalt u starr u warte ufe Winter. Kobi louft jetzte uf der teerete Strass, näbem Schuelhuus verbi. Es paar Schneeflocke bewyse ihm, dass sys Näsi doch het Rächt gha. Däm alte Mändel wirds ganz liecht um ds Härz. Schneeflocke sy doch öppis schöns! Är dänkt a die Zyt, won er als Chind mit sym Brueder zäme de Schneeflocke nachegumpet isch. Ygfange hei si se. Hunderti vo Schneeflocke hei si verwütscht. Är het ds Gfüehl, är sigi no grad einisch so jung, streckt d Hand us u packt eini. Aber äbe. Genau wie denn, verschmelzt si uf syre Hand.

«Alte Gali!», seit er u luegt ume, öb ne äch öpper gseh heig, bim Schneeflocke faa.

Won er i ds Dörfli chunnt, überrascht ne d Wiehnachtsbelüchtig. Kobi wirds warm um ds Härz. Jesses, di schöne Lampe, wo da zwüsche de Schneeflocke düre lüüchte. Syner Ouge strahle. Är dänkt dra, wie si früecher Wiehnachte gfyret hei. Ganz früecher, als Chind, isch er mit sym Vatter un em Brueder i Wald ga nes Tannli houe. Nid es Grosses. Das hätti im chlyne Stübli ja chuum Platz gha. Si heis i hindere Egge gstellt u du het d Mueter ihres Wärch aagfange.

D Manne hei vo dere Vorbereitig nüüt dörfe mitübercho.

Ds Schmücke vom Böimli isch ganz elei der Mueter ihri Ufgab gsy. U obwohl jedes Jahr di glyche sächs Chugle u ds glyche silberige Band dranne ghanget sy, hets di Manne jedes Jahr vo Nöiem tschuderet ab dere Pracht, wo das Böimli usgstrahlet het.

«Bruchet er Hilf?», findet e glängwyleti Stimm i sys Ohr.

Jetz erwachet Kobi us sym Wiehnachtstroum u merkt, dass er mittlerwyle a der Chilchgass im Bluemelade steit.

«Ds Glyche wie letscht Jahr», brümelet er u begryfft nid, warum das junge Meitli ne so komisch aaluegt. Vilecht, wil Kobi grad glych komisch luegt?

Wie gseht de die ömel o us? Naseringe isch Kobi a de Tier gwanet gsy. Aber a Mönsche …?

«Grüess di Kobi.» E bekannti Stimm reicht ne use us der Tierwält. «Hesch o wider einisch zu üs ache gfunde? Fasch so gnau wie ne Schwyzer Uhr, chunnsch du jedes Jahr verby. Un ig ha der ds Züüg grüschtet, lue», seit di elteri Frou u leit ihm zwöi Tannezweigli, wo je vonere Chrischtrose verziert sy, vor ihn ufe Tisch.

«Gäll, eis tuen i der ypacke?», seit di Frou zu Kobi.

U ohni sy Antwort abzwarte, leit si um eis vo dene Zweigli es wysses Papier.

Wo Kobi usem Lade chunnt, chöme ihm e Tschuppele jungi Lüt entgäge. Eine vo dene treit e schwarze Chaschte uf der Schultere u di luti Musig, wo drus usetönt, erinneret Kobi a Meiringer Ubersitz. Es Fescht, won er früecher o öppe einisch bsuecht het.

«Bum, bum, bum, bum.»

Fasch wie der dumpf Schlag vo de schwäre Trychle tönts us däm Chaschte use u Kobi isch ganz erstuunt, dass di hüttegi Jugend wider Fröid am Trychle schynt z ha.

Won er dür d Friedhoftür trappet, het der Schnee scho liecht aaghänkt. Über de Greber ligt e fyne, wysse Schneestoub u toucht dä truurig Acher ines friedlechs Liecht.

Vorem Grab vo syre Frou chnöilet er ab. Är leit umständlech ds nidypackte Tannezweigli ufe liecht verschneit Bode, chnüblet us sym Chuttebuese ds rote Cherzli füre u zündets aa. Still steit er da, am Fuessändi vom Grab, u faltet di verrumpflete Händ.

Är dänkt a sy liebi Frou. Nümme mit Wehmuet. Nei, är dänkt mit Dankbarkeit a ds Vroni, won ihm sys Läbe über ne längi Zyt mit ihrem Sunneschyn verschöneret het. Langsam steit er uf u nuschet e Naselumpe us sym Hosesack füre. Zersch putzt er d Träne dermit ab, u de d Nase. Är luegt no einisch uf ds Tannezweigli u uf ds Cherzli ache, luegt es letschts Mal ufe Grabstei u träppelet wyter, oberhalb vom Dorf düre.

Wie jedes Jahr uf syr Wiehnachtsreis, drückt er jetze uf di schwäri Türfalle bim Hotel Adler. Der Hunger mues gstillt wärde. Das isch ds einzige Mal im Jahr, wo Kobi imene Restaurant isst. Är gniesst das o, un er weis, dass ds Vroni ihm di Verpflegig mögti gönne.

«Sälü Kobi», begrüesst ne der Wirt. «Isch es wider einisch Zyt, cho di Aaghörige z bsueche?»

Kobi nickt nume. Rede ma er nid. Nid dass er gäge Wirt öppis hätti. Nei, das isch e guete u ne gäbige Maa. Aber Kobi ma di vile Ydrück vo de letschte Stunde nid so schnäll verwärche u brucht drum grad e chli Zyt.

Är hocket a ne Tisch. Ds Frölein bringt ihm ds Bsteck. Kobi luegt sech ume. Der ganz Rum isch voll wiehnächtlicher Stimmig. Chrisescht mit Schnee druffe hange a der Wand, roti Cherze uf guldige Schloufe stöh uf jedem Tisch.

Es wiehnächtelet!

Kobi touet wider e chli uf. Der Wirt bringt ihm sys Ässe grad sälber a Tisch u hocket no chli zuenem, für no es paar Wort mit ihm z dorfe. E friedlechi Stimmig chunnt uf. Üsem alte Maa sy innerlech Winter überchunnt e aagnähmi Wermi. Wiehnachtswermi.

Nach dere sterchende Mahlzyt füehrt ne sy Wäg zu der Beckerei. Dert bstellt er e Läbchueche u leit di zwee schöne Füfliber ufe Tisch. Di müesse jetze no sorgfältig dert druf gchläbt wärde. Zum Schluss überchunnt das Gschänk no ne feschtlechi Verpackig.

Vo der Beckerei bis usgangs Dorf isch es de glych no ne Blätz z loufe. Kobi mues uf Rücke ha. Är het dert drum no öppis z erledige. E Bsuech. E Bsuech bi sym Brueder Hans.

Der Hans isch sys Läbe lang en eigete Maa gsy. Isch äch das der Grund, warum er nie ghürate het? Em Vroni un em Kobi isch er nie im Wäg gsy. Är het o bis vor füfzäh Jahr bi ihne deheime gwohnt.

Syre Arbeit im Züghuus isch er geng nacheggange un er het em Kobi o jederzyt gholfe syner Tierleni pflege. Natürlech sy si o zäme i ds Holz. Dert isch er du ungfelligerwys einisch vonere Tanne preicht worde u syt denn het er, näbscht syr eigete Art, no ne Wirrlete im Chopf übercho.

Wo ds Vroni gstorben isch, het ne Kobi, uf Aarate vom Dokter, der Obhuet vo de Pfleger im Altersheim müesse übergä.

«Sälü Hans!», seit Kobi u streckt ihm d Hand zueche. Dä seit nüüt u bewegt sech o nid. Wo du aber der Kobi der Läbchueche füre chramet, mohl, da hets du Läbe i Hans syre Seel ggä. Mit grosse Chinderouge het er uf das Gschänk gluegt u ganz fyn der zuckerig Samichlous druffe gstrychlet. Wo der Kobi no ds Tannezweigli ufe Tisch leit, u Hans d Chrischtrose nümme het chönne us den Ouge la, isch Kobi z fride gsy. Är het gspürt: das isch Wiehnachte!

Dass der Hans nüüt zu ihm wird säge, het Kobi gwüsst. Glychwohl het er e Stuehl gno u sech gsetzt. Mit fröidigem Härz het er zuegluegt, wie sy Brueder mit syre Hand geng u geng wider übere Läbchueche u über d Chrischtrose gstrychlet het.

Jetze geits wider zrugg. Syner Bsüech si erlediget. Ömel fasch. Ufem Wäg gäge hei leit er underwägs e Pouse y. O das het natürlech e Grund. E Wichtige!

Ds Vroni het er am Märit glehrt kenne. Bim Tanze. Nach ere länge, lärmige, luschtige u fröhleche Nacht, hei si am Morge früech hei müesse. Ds Vroni het der Kobi gfragt, öb ärs no chli ufe Heiwäg würdi begleite. Natürlech het er das no so gärn gmacht. Wil aber der diräkt Wäg für di zwöi Verliebte vil z churz wäri gsy, hei si e grössere Umwäg gmacht. Glychwohl hätte si du vonenand sölle Abschied näh. Das isch beidi zäme hert aacho u si sy du, für dass se jaa niemer gseht, es Bitzli absyts vo der Strass i Wald hindere gschliche. Dert, vor emene grosse Felsblock, hei si sech i d Arme gno.

Nach emene Zytli hei si du ömel o uf dä Chemp ueche gluegt. U hei gstuunet! Dert obe druffe – me stell sech das vor, ufemene Felsblock! – isch e mächtegi Tanne gstande. Elei das wäri scho ussergwöhnlech gsy. Aber was für ne Tanne! Churz oberhalb vom Felsblock het sech der Stamm zweiet. U vo dert us sy zwo eigeti Tanne drus usegwachse. Das Symbol het di zwöi jung Verliebte so beydruckt, dass si vo denn aa jedes Jahr a dä Märit sy. U ufem Wäg gäge hei, sy si jedes Mal bim Chemp u syne zwo Tanne verby. Als Zeiche, dass si zäme wei blybe. Dass si gmeinsam wei wachse, o we si nume, wie di zwo Tanne, uf kargem Grund chöi läbe.

Der Bruuch vom jährleche Bsuech het der Kobi wyter pflegt, obwohl er dä Wäg jetze elei het müesse gah. Di erschte Jahr hets ne unerchant brucht, wil er ds Vroni sehr vermisst het. Mittlerwyle isch er o hie dankbar worde für di vile, schöne, gmeinsame Jahr, wo si mitenand hei dörfe verbringe.

Jetze geits hei zue. Kobi stapfet düre Schnee z dür-uf. Di wyssi Pracht leit sech wie Watte über d Ärde. Alls wird hell, ruehig u still. Kobi o. Ersch churz vor sym Deheime, macht er e Halt, nimmt d Pfyfe füre u füllt sen uf.

Bi de erschte Züüg dänkt er a hüttig Tag zrugg u weis: jetze isch Winter. Jetze bruchts Zyt. U Geduld. Är mues druf warte, dass der erscht Föhn di wyssi Pracht furt fägt u de erschte Blüemli Platz macht.

Kobi isch dankbar für alls. Är gniesst der erscht Schnee, tröimt vom Früehlig u zieht gmüetlech a syr Pfyfe.

Verby der Herbscht mit syre Pracht,
der Winter chunnt schier uber Nacht.
Er schnuusset wild dürs Täli uus,
Schneeflocke tanze über ds Huus.

Es schneit u schneit, es nimt keis Änd.
Die Chelti sticht nid bloss i d Händ:
Si nischtet sech im Wältgscheh y,
Wär steit üüs i der Zuekunft by?

So läär si Wort u churz der Sinn,
bringt Hoffnig üüs verlorne Gwinn?
Das Liecht, wo i der heilige Nacht,
de Mönsche het der Gloube bracht.
Die gröschti Macht, wo ohni Gricht
der Friede uf der Wält verspricht.

Hanny Schenker – Brechbühl

Liecht u Wermi

Wär het äch es Fränkli übrig für mi z choufe? Wenn chumen ig de dra? Wär zündet mi aa? Isch es äch e Maa mit Chnörz, oder e Frou, wo Wermi suecht? Oder sogar es Chind, wo stuunet? Es Grossmueti, wo planget oder es jungs Frölein am Aafang vom Erwachseneläbe?

Achtung, jetze chunnt öpper!

Äh! Di gseht ömel de nid us, wie we si wetti Wermi verteile. Het ja sälber e Usstrahlig wie ne Chüehlschrank. Chaltfarbegi Chleider, e Brülle wie us Gitterstäb u d Haar steihert gäge ache gstrählt. Ohni jeglechi Lockerheit. Sträng.

Da chunnt mir i Sinn, dass es scho komisch isch, dass i cha Gedanke gseh. Nid Gedanke läse, wie d Mönsche däm säge. Nei, Gedanke gseh. I cha d Lüt aaluege u gseh ihrem Usdruck aa, was si dänke. Nid Wort für Wort natürlech. Nume so grob. Aber scho das isch gnue. So zum Bispiel äbe dä Chüelschrank, wo i sym Portmonnee umegrüblet. Erstunlech sogar, dass si zahlt. Di Meischte vo dere Pelzmantelfraktion zahle nämlech nüüt. Obwohl grad dies vermögte. Das sy äbe die, wo dänke, für so ne eifachi, wyssi Cherze dörfe aazzünde zahle si ja schliesslech Chilchestüür. Gnue Chilchestüür!

U genau so eini isch jetze die da. Si packt es Kamerädli vo mir, schrisst ihm unsanft a sym Docht, hets über ne anderi Cherze u stellts de irgenwohi i Ständer. Dänke tüe diejenige wenig bis nüüt derby. Höchschtens, für wän dass das Liecht dänkt isch. Öppe für e Maa, wo ne drus isch, oder für d Schwiegermueter, wo se geng ergeret. Oder für nes Gschänk, wo sötti underem Wiehnachtsboum lige. Lieblos. Nid ds Gschänk, natürlech. Nei, lieblos isch ds Handle. Settegi Lüt würde o gschyder deheime blybe, statt hie i d Chilche cho z hüchle.

Trapp, trapp, trapp. Oder gnauer: schlarp, schlarp, schlarp … Oh du alts Groseli. Magsch gwüss fasch nümme, gäll? La doch ds Fränkli im Portmonnee. Chaschs sicher für Anders guet bruche. Hesch ja chuum gnue z Bysse deheime. Oder z schlürfe. Bysse mit dyne waggelige Zähn, wird älwä o kes Vergnüege meh sy. Schön, dass du dym Mandli chli Liecht chunnsch cho schänke. Hesch ne geng no gärn, gäll? Obwohl er scho syt zäh Jahr underem Bode ligt. Du strahlisch geng no glych wie denn, wo dir öich heit glehrt kenne. Vor über füfzg Jahr. Härzig gsehsch us, mit dym alte Nasleumpe. Momohl, putz dir nume d Träne ab. Darfsch scho chli gränne. Das tuet dir guet. Höckle doch no es Momäntli ufene Chilchebank u tue di chli erhole. U ufwerme. Dusse isch es ja grusig chalt.

Eh grüessech wohl! U adjö! Wiso chunnt äch die dahäre? Het si es schlächts Gwüsse? Oder emänd gar e kes meh? Das isch jetze wider so eini vo dene, wo gschyder dusse würde blybe. Aber äbe. Was macht me nid alls für d Hoffahrt? Widerlech, wie si bim Aazünde vo der Cherze nach rächts u nach links luegt. Nid öppe, wil me nid hätti sölle gseh, was si macht. Im Gägeteil. Als Schönheit isch si bekannt. Ömel weme de Heftli wott gloube, wo se geng wider uf der Titelsyte zeige. U gäge rächts u links luegt si, wil si hoffet, irgend so ne Heftlifotograf tüei se de bi dere Härzschmärztätigkeit knipse. Würklech widerlech!

Es zieht di aa, gäll, chlyne Stünggel. Jaja, nimm dys Mammi nume am Ermel. Es söll der es Liechtli cho aazünde. Chasch es bruche. Als Schutzängeli für ds nöie Jahr. Im Vergangene hesch o mängisch eis brucht. Denn, wott mit höchem Fieber im Bett bisch gläge u sogar der Dokter isch ratlos gsy. Di helle Liechtli hesch gseh, hesch di dranne gha am wermende Füür. Hesch d Chraft gspürt vo de Cherze – u bisch wider gsund worde mit dere Sterchi. Jetze säg du nume, dass du em Himmelätti wosch danke für sys Liecht. Ds Mammi versteit zwar nid, was du dermit meinsch. Ömel vor dranne nid. Aber wen i bi ihm hinde dra luege, de gsehn i, dass es doch merkt, wiso dass du möchtsch es Cherzli aazünde. Wie di meischte Erwachsene hets halt e oberflächlechi Dänkwys u meint, du Chindli zündisch das Cherzli nume aa, wil du Fröid heigisch am Liecht u am Füür. Es dänkt nid dra, dass du no hinde dranne läbsch u o dys Mammi hinde dranne gsehsch u erläbsch. Dass du Sache weisch, won äs nümme gseht. Aber so sy si halt, di Erwachsene. Muesch mit ne Geduld ha.

U de du, du jungs Frölein? Hesch Liebeschummer? Ja, das isch scho ne herti Zyt. Der erscht Fründ. Fasch es Jahr lang heit dir öich chönne gärn ha. U jetze het er gseit, är mögi nümme zäme sy. Är bruchi Freiruum. Chum, blyb chli stah. Lueg myner Kamerädli aa. Tue di chli erheitere a däm Liecht. Tue di chli erfröie a dene Strahle. U de gang hei chli ga wermers Züg aalege. Nid vo de Chleider här. Vo de Farbe. Muesch nid scho i so junge Jahre Truurchleider trage. Bhalt der das für später uf u tue di doch jetze i farbegi Sache ywickle. Es täti dyre verletzte Seel wohl.

Uh ja, das wäri öpper, won i mi möchti schänke. Chum, liebi Frou. Nimm mi usem Gstell. Häb mi a ne anderi Cherze häre u la mi la brönne. Du bisch nämlech e Ussergwöhnlechi. Steisch vor mir mit emene Chopftuech. Das ghört sech eigetlech nid, inere Chilche. Aber du kennsch älwä üser Gepflogeheite nid gnau. Du schynsch nid i üsem Gloube ufgwachse z sy. Jaja, darfsch scho eini vo üs aazünde. Genau. Mir sy o für dii dänkt. Säge ömel die Einte. Aber es git o Mönsche, wo anders dänke. Die wo dänke, du söttisch dusse blybe, wil du a Mohamed gloubsch u nid a Jesus. Derby hei die Zwee der glych Abraham als Urahne. U dermit o der glych Gott. Über beid isch gschribe worde. Einisch im Koran u einisch i der Bibel. U beid hei vo Liebi brichtet. U du chunnsch hie häre i üsi Chilche, wil di das e schöne Bruch dünkt, e Cherze aazzünde. Chunnsch da häre, für a dyner Liebe z dänke. Rächt hesch, dass du cho bisch. Chumm nume no meh. Schüch di nid. Üses Liecht söll für alli Mönsche brönne.

Ou nei! Hoffetlech nimmt nid dä mi. Das würdi mi de – entschuldiget dir da obe, dass i so egoistisch dänke – aber das würdi mi de gwüss röie, für so ne

Flegel müesse z brönne. Nei! Nei! Nimm das näbe dranne. Nei! Au! Tuesch mer weh! Tuesch mer … Nei, eigetlech gar nid. Was isch de mit däm Kärli? Süsch isch das doch so ne Grobian. Es Tüüfeli, nei e Tüüfel. Suecht ständig Krach. E rothaarige Ufmüpfer. E Strythahn u ne Radoubrueder isch er. Won er häre chunnt, räblets über churz oder lang. U jetze … Nei, i gloubes nid! Strychlet mer ganz fyn übere Docht. U nei, was dänkt dä ömel o: «Entschuldigung du liebs Cherzli, dass i di verbrönne. Aber i bruche jetze grad fescht dyni Wermi, dyni Heiteri. Nid wils mer schlächt geit, nei, wil i dankbar bi. Dankbar, wil i syt Tage fürchterlech glitte ha. Vor drei Wuche hei si mer gseit, i heigi es Organ i mir inne, wo total chrank syg. Me müessis sofort uswächsle. Aber bi mym spezielle Bluet wärdis sehr, sehr schwirig sy, es Ersatzorgan z finde. Un es sygi e Wettlouf mit der Zyt, hei si gseit. Si chönne nüüt garantiere … Ja, nüüt garantiere, hei si gseit. Wie we eim d Dökter überhoupt öppis chönnte garantiere. Nach däm Urteil bin i hei u bi total kabutt gsy. Ha ke Zuekunft meh gseh. Nume no ds Ändi. Bis vori. Da hei die vom Spital aagglüte. I chönni i zwo Stund cho. Si heige es Ersatzorgan gfunde. I läbe! I läbe wyter! I weis nid wäm i söll danke. I kenne mi drum hie inne nid so us. I schänke eifach all dene, won i z danke hätti, dys Liecht u dy Wermi. Du eifachi, chlyni, wyssi Cherze.»

D Gschicht vom Bouelefade

Es isch einisch e chlyne Bouelefade gsy. Dä het Angscht gha, dass er so, wien er isch, zu nüüt z bruche syg: «Für nes Schiffstou bin i vil z schwach», het er zue sech gseit «u für ne Pullover z churz. A Anderi aazchnüpfe han ig vil z vil Hemmige. Für ne Stickerei eigne ig mi o nid. Für das bin i z bleich u z farblos. Ja, wen i us Latex wäri, de chönnt ig e Stola verziere, oder es Chleid. Aber so? Es längt nid! Was chan i scho? Niemer brucht mi. Niemer mag mi – u ig mi sälber am Wenigschte.»

So het dä chly Bouelefade gredt. Är het truuregi Musig ufgleit u isch ganz nidergschlage gsy.

Da het es chlyses Chlümpli Wachs a sy Tür gchlopfet u gseit: «La di doch nid so la hange, Bouelefade. I ha da en Idee: mir beide tüe nes zäme. Für ne Oschtercherze bisch zwar als Docht z churz un i ha derfür o nid gnue Wachs. Aber für nes Teeliecht längts uf all Fäll. Es isch doch vil besser, es chlyses Liecht aazzünde, als geng nume über d Dunkelheit z jammere!»

Da isch der chly Bouelefade ganz glücklech gsy, het sech mit em Wachschlümpli zäme ta u gseit: «Jetze het mys Hiesy doch e Sinn.»

U wär weis, vilecht gits uf der Wält no meh churzi Bouelefäde u chlyni Wachschlümpli, wo sech chönnte zäme tue für d Wält z erlüchte.

Unbekannte Outor

Die letschti Wiehnachte

«Es tuet mer Leid ...», het er gseit, der Dokter. U het süsch no so Züg u Sache gschwaflet, wo nid nötig wäre gsy, wil i eh nümme ha chönne ufnäh.

Leid tuets ihm? I weis de nid. Leid tuet eim doch öppis, wo me gmacht het, us nümme würdi mache. Un är het ja nüüt gmacht – ussert mi undersuecht u feschtgstellt «dass es ihm Leid tuet.»

Gedanke, won i ha, währenddäm ig der Wiehnachtsboum schmücke. Oder besser gseit, ds Wiehnachtsböimli.

Als Chind han i albe no gstuunet. I ha e Foto vo mir, won i als chlyne Stünggel mit ganz grosse Ouge a Wiehnachtsboum ueche luege. Was han i äch denn dänkt? Was isch mir äch denn düre Chopf? Was han i denn scho für Gedanke chönne fasse? Vo Gott, vo Jesus, vo Bethlehem, vo de drei Chünige han i sicher nid vil gwüsst. De ehnder scho vom Wiehnachtsboum. Gwüsst zwar o nüüt – o später nid, wils ja eigetlech o ke diräkte Zämehang git, zwüsche Wiehnachte u Wiehnachtsboum. Ömel i der Bibel hätt ig o im Erwachsenealter nie öppis gfunde vo Tanneböim am heilige Aabe. Aber der Wiehnachtsboum isch mir wahrschynlech no vom vorhärige Jahr i der Erinnerig bblibe. Drum das Stuune. U irgendwie het mi das Stuune nie meh los gla. O hütt nid. Nach all dene Jahr. Nach all dene verschidenschte Wiehnachtsboumerfahrige.

Früecher, äbe als chlyne Stünggel, ds Unbekannte, ds Grosse, mächtig Lüchtende. Chli später, jugentlech, denn, won i d Wiehnachtslieder, wo unweigerlech mit däm Lüchte im Zämehang gstande sy, verweigeret u nume innerlech chräftig mitgsunge ha. De der erwachsnig Mönsch, wo der Wiehnachtsboum ehnder als Symbol vo «äntleche es paar Tag usspanne» het gnosse. Wider chli später ds Schmücke vom Boum. Zersch z Zweit, später o no mit de eigete Chind zäme. Geng chli nes Ritual mit meh oder weniger Glüehwy, mit meh oder weniger Emotione. U du o mit em Stuune vo de eigete Chind.

De langi Jahr ohni Chind. Wider nume z Zweit. Geng di glichi Grössi vo Böimli u o geng di gliche Chugle, di glychfarbige Cherze u ds glyche silbrig glänzende Band. Nume öppe einisch nöij Cherze hets brucht. Roti – geng.

Syt drüne Jahr du elei. Nachdänklech. Wil i ja gar ke grosse Sinn meh derhinder ha gseh. Ha mi gfragt, so es paar Tag vor der Wiehnachte, öb i no einisch wölli das ganze Züg füre schleipfe, das Gnusch mache u di Arbeit uf mi näh. U has du glychwohl wider gmacht. Wil mir das halt fasch unändlechi Mal zäme gmacht hei gha. Während em Schmücke de d Gedanke a d Vergangeheit. O geng no Glüehwy derzue. Di letschte drü Jahr no chli meh als früecher. Vergangeheitsbewältigung halt.

U jetze wider Wiehnachtsböimli schmücke. Zum letschte Mal. Wils ihm Leid tuet, wien er gseit het. Zum letschte Mal my Lieblingschugle ufhänke.

Tuets weh?

Natürlech tuets!

Z gspüre, das me alt wird, isch ja öppis, wo nid vo eim Tag ufe Andere chunnt. Ds Wüsse, dass jede wo gebore wird o stirbt, wird im Alter o naadisnaa stercher. Konkreter. Beschäftige mit em Stärbe tuet sech jede uf syni Art. Meh oder weniger intensiv. Ig vilecht chli intensiver als Anderi. Ömel i ha mir scho lang Gedanke gmacht über ds Stärbe. U bi zum Schluss cho, dass i nid mues Angscht ha dervor – ömel nid vorem Nächär.

Han ig ömel geng gseit – u o gmeint.

U jetze: «Es tuet mer Leid …»

I dänke dra, wies em Jesus mues z Muet si gsy, won är sys Todesurteil het verno. Är, wo ja schynbar gwüsst het, dass er mues stärbe. Was het är äch dänkt i syne letschte Tage, i syne letschte Stunde? Wie het er äch sys Schicksal treit? Isch er äch o verruckt gsy uf sy Vatter. So wien ig jetze uf dä Gott, wo doch so guet u lieb söll sy? Het er sech o gfragt: Warum de grad ig? U warum uf die Art? U de grad jetze? Scho jetze? Es gäbti doch vili Anderi, wo …

«Es tuet mer Leid …»

I stah vor em Wiehnachtsboum. Är isch no nid ganz fertig gschmückt. Hie u da fählt no ne Chugle. Aber i ha kener meh. Han i se äch vernuschet? Oder han i hüür es z grosses Böimli gchouft? Nächschts Jahr müesse de chli meh Chugle dranne hange, süsch gseht ja das Böimli nach gar nümme us. I gah nachem Stefanstag ga Chugle choufe, dass ig ere de ömel scho ha für a der nächschte Wiehnachte.

Nächschti Wiehnachte?

«Es tuet mer Leid …»

Chrischtrose

Zmitts im Winter düre Schnee
Chöme d Rose vüre.
Treisch es Leid: us jedem Weh
Bricht e Hoffnig düre.

Blüeit es Gheimnis nid versteckt
Im verschneite Garte?
Tief im Härz, vom Leid verdeckt,
Chönne Wunder warte.

Georg Küpfer

Jüre

«Sälü Jüre.»

Är sitzt z hinderscht im Egge. Geng ufem glyche Stuehl.

U het meischtens scho ggässe, wen ig mit myne Kollege chume. Mir sitze geng z vorderscht. O geng am glyche Tisch.

Mittag für Mittag.

Sy Aalegi isch ehnder chli hudelig. Di liecht graue Haar het er strähnig übere Chopf hindere zoge. D Brülle, won er treit, isch scho lang nümme Mode. U Schue schynt er nume es einzigs Paar z ha. Turnschue. Früecher sy si wahrschynlech wyss gsy. Imene Signalemänt würdi me übere Jüre «Statur schlank» schrybe. U wär er e Frou, de würdi me e Magersucht vermuete.

Är sitzt jede Mittag dert.

U jede Mittag sägen ig zu ihm: «Sälü Jüre.»

Nid meh. Nume: «Sälü Jüre.»

Är seit nüüt.

Het uf my Gruess no nie öppis gseit. Lüpft nume sy rächti Hand. Das isch sy Gruess. Tonlos. D Zygarette, wo zwüsche Zeig- u Mittelfinger vo dere Hand ygchlemmt isch, macht di Bewegig mit. Hinderlat mängisch e wyssi Rouchspur.

Wie lang pflege mir äch das Ritual scho? Sys scho drü Jahr?

Jede Mittag, wen ig i d Beiz chume, sitzt der Jüre dert uf sym Stuehl im Egge.

Jede Mittag üse Gruess.

Meh nid.

Derby hätte mir üs vil z säge. Z verzelle vo früecher. Z lache über Momänte, wo mir zäme erläbt hei. Aber äbe: o z morale über di alte Gschichte. U die sys, wo üs uf Distanz halte. Di alte Gschichte.

Der Jüre, Jürg eigetlech, isch nume wenig jünger als ig. Mir kenne enand scho lang. Hei zäme gschuttet. Als Juniore im hiesige FC. U hei nes nume während üsne Lehr-, u Wanderjahr us de Ouge verlore. Später sy mer beid wider i Verein zrugg. Hei wyter gschuttet. Wie früecher. Hei mängs schöns Spiel zäme gspilt. U mängs Fescht zäme erläbt. U wies so geit, we me jahrelang imene Verein mitmacht: Mir sy aagfragt worde für im Vorstand mitzhälfe. Der Verein het der Jüre als Kassier gwählt. Als stellverträttende Buechhalter imene Bouunternäme het er d Vereinsrächnig problemlos chönne füehre. Är isch e guete Kassier gsy. Hei mir denn gmeint!

Wo nach es paar Jahr d Revisore em Vorstand eröffnet hei, dass si eigetlech scho bi der vordere Rächnig heige müesse alli Ouge zuedrücke, u dass si bi der aktuelle Revision nümme chönne schwyge, isch du uscho, dass der Jüre d Rächnig nid suber gfüehrt het. U no chli später het me gmerkt, dass Gäld fählt. Vil Gäld. Wo der Vorstand der Jüre z Red gstellt het, het dä sofort alls zueggä u het sy Spielsucht als Ursach gnennt. Di sofortegi Entlassig isch d Folg dervo gsy u der Jüre het ds Vereinslokal mit Träne i de Ouge verla – u syt denn nie meh beträtte.

Me het du en andere Kassier gsuecht u o gfunde. Vom Jüre het me no hie u da öppis ghört. Meischtens nüüt Guets. Nach de Verfählige i üsem Verein heigi ihm o sy Arbeitgäber gnauer uf d Fingere gluegt.

Dert sygi du nid ds fählende Gäld, sondern der Alkohol zum Problem worde. Spielsucht, Alkoholsucht. E Tüüfelskreis! D Therapie heigi nüüt gnützt. U so sygi sy Arbeitgäber zwunge gsy, ihn z entla. E herte Schlag für dä Familievatter. Aber nid der Letscht. Sy Frou heigi lang zu ihm gha u alls probiert, für ne us dene Sücht usezübercho. Unmüglech. Di logischi Folg dervo: Trennig, Scheidig.

Es paar Jahr han ig ihn du nümme gseh. Es het gheisse, är läbi usswärts.

Irgendeinisch isch er aber wider i d Gägend zoge. I d Nechi vo mir. Won er wärchet, weis i nid. U wies ihm geit, o nid. Eigetlech wett ig ne frage. Wetti uf ne zue gah. I getroue mi aber nid. Syt drü Jahr nid. Wil i nid weis, wien är würdi reagiere. Wil i nid weis, wien ig würdi reagiere, wen er uf ds Früecher z rede chiem.

«Sälü Jüre», isch ds Einzige, won ig ihm syt drü Jahr säge.

U übermorn isch Wiehnachte!

Wo verbringt se der Jüre äch? U wie? Het er äch Aaghöregi? Oder Bekannti? Oder fyret er deheime? Elei? Vilecht zäme mit ere Guttere Schnaps?

Mi tschuderets!

I sötti ne doch frage: «Wie geits?»

I chönnti ne doch zu mir hei ylade. A Wiehnachte. Wenn de, we nid a Wiehnachte?

Aber äbe: Was würdi ig ihm de ufstelle? Tee? Oder glychwohl Wy? U wen är de vo alte Zyte würdi aafa brichte? Vilecht sogar würdi aafa jammere, oder de uf ds Mal no würdi aafa morale, aafa gränne? Mögt i das ha? Möcht ig das ha?

Sött ig ne frage: «wie geits?»

Wiso ig?

Är het doch sicher anderi Lüt. Lüt wo ihm necher stöh. Di sölle doch zu ihm luege.

Aber: Het er äch würklech Lüt um sech um? Mit dere Vergangeheit. Oder wär ig ihm vilecht sogar der Nechscht? Wil ig ihn scho lang kenne u ihm wenigschtens jede Mittag säge: «Sälü Jüre.»

Wenn e Mönsch par Fähler het,
zell ne nid grad zu de Schlächte.
Weisch, am beschte Öpfelboum
git es öppe Miesch u Flächte.

Ernst Balzli

Hei cho

«Der Zug hat etwa zehn Minuten Verspätung. Wir bitten um Entschuldigung», hets vor ere Halbstund im Lutsprächer gheisse. U rächt hei si gha mit dere Ussag. Won i usstyge, gsehn i nämlech no d Rückliechter vom letschte Bus … Ähh!

Es blybt mer halt nüüt Anders übrig, als hei z loufe. Obwohls fyschter u chalt isch. U obwohl dass es rägnet.

Hüt am Morge het er am Radio no brichtet, es sygi der ganz Tag bedeckt, me müessi aber nid mit Niederschläg rächne. Drum steckt my Schirm deheime im Schirmständer. Brichti was dä isch! Nid der Schirmständer, sondern dä Meteo-Fritz! Me müessi nid mit Niederschläg rächne, het dä gseit – derby schiffets Bindfäde.

Ja nu. Irgendwie schaffen igs de scho no, hei z cho.

Was isch jetze das für ne Schirm? Wo chunnt dä här? Steit vor mir – nei, louft vor mir här. E grosse, violette Schirm über emene Mönsch. Un ig hinder ihm här. Am Räge!

Wär isch äch das vor mir? E Frou? E Maa? I weis es nid – u wotts eigetlech o gar nid wüsse. Dä Mönsch louft ruehig vor mir här. Der Rägeschirm ufgspannt. Waggelet geng chli uf un ab. Der Mönsch louft im Trochene! U mir louft ds Rägewasser schnuergrad vom Äcke aa der Rügge zdürab.

Wär isch äch das? No einisch. E Frömde? E Yheimische? Lieb oder gfürchig? Wo geit dä äch häre? O gäge hei? Der heimatleche Wohnig zue? Wien ig? Zumene Deheime? Wo was bietet? Wo was für nes

Glück ufne wartet? Oder was für Problem? Sorge? Was warte für Problem uf mi, i mym Deheime?

Nid dra dänke …

Ig, zwee Schritt hinder ihm, mit myne Gedanke. Är, zwee Schritt vor mir, mit syne Gedanke.

«Es isch gruusig nass hütt em Aabe», seit e Manne-stimm imene breite Bärndütsch. E Sprach won i ver-stah. Mir wohlets. E Yheimische! U erchlüpfe glych, ab däm frömdefindleche Gedanke.

«Chömet, es isch nass. Hie heit er e Schärme», seit dä frömd Maa zue mer u drääit sech zu mir häre.

I erchlüpfe no einisch: Warum redt de dä um ds Gotts Wille Bärndütsch? I ha ne aagluegt. Das isch ömel ke Yheimische! Schwarzi Chruselhaar, dunkli Ouge, e verknitereti, bruungraui Hut. Es Lache im Gsicht. Es fründlechs Lache!

«E Türgg!», fahrts mer düre Chopf. Wahrschynlech Schwyzer, em Schwyzerdütsch na. Aber halt glych chli e Türgg. Chli suspäkt. Frömd. Nid z nach (i dän-ke a d Witze, wo hütt am Aabe im Zug über d Uslän-der sy gmacht worde …)!

Ig zu ihm? Zu däm frömde Maa? Zu däm … Es schiffet geng no. Geng no i Ströme!

Ja, warum nid zu däm frömde Maa a Schärme gah? Warum nid dä Schärme aanäh, won är mir bietet? Vi-lecht chan ig ihm de speter o einisch dä Schärme bie-te, won er nötig het. Eine wos derzue ke Schirm brucht.

«Souwätter hüt», seit er.

«Ja, gruusig!», my Antwort. Süsch bruchts keni Wort meh.

Äng näbenand trappe mer d Strass dürus. Je hälftig underem Schirm. Am Schärme. Di wenige Strasselampe zünde nes der Wäg. Rede tüe mer nüüt.

Uf ds Mal seit er: «So. Hie mues ig nech elei wyter la gah. Chömet guet hei. Uf widerluege, u heit e schöni Wiehnachte.» Dermit zieht er mer der Schirm langsam über em Chopf wäg u lat mi la stah.

Dä Frömd.

Dä Frömd het mi im Räge usse la stah. Eigetlech nid schön vo ihm.

Aber dä Frömd het mi o mitgno – e churze Wäg i sym Läbe. Het mer Schärme ggä. Schutz ggä.

E schöni Wiehnachte het er mir o no gwünscht.

Un ig ihm?

Me gseht nume mit em Härz guet.
Ds Wesentleche isch für ds Oug unsichtbar.
D Mönsche hei di Wahrheit vergässe.

Antoine de Saint-Exupéry

Fynheit

D Wälle plätschere ganz fyn a d Steine. Ufem Wasser stellt e Schwan syner Fädere. Es elters Bootli tümplet wyt usse u ne liechti Brise lat d Wasseroberflächi la wällele. Di milchig-wyssi Sunne sänkt sech langsam em Horizont entgäge u o d Möve merke, dass sech der Tag em Ändi zue neigt.

A der Wermi hocket en eltere Maa. Är luegt emene Toucherli zue u hoffet, dass ers wider gseht, wes zu der Wasseroberflächi zrugg chunnt.

Ds Wyglas vor ihm isch fasch läär. Es fyns Lächle huschet über sys läderige Gsicht, won er gseht, dass das schwarze Tierli wider gmüetlech mit de Wälle buttelet.

Der Maa gryfft zum Glas u ziehts langsam zu sich zueche. D Lippe berüehre fyn der Rand u ganz süferli nimmt er der letscht Schluck vo däm feine Tropfe.

Är gniesst di Stilli. Di Stilli vom See. Aber o di Stilli hie i dere Wirtschaft, wos um die Zyt sälte Gescht het. Scho mängs Jahr hocket er am vierezwänzgischte Dezember, gäge Aabe, hie a däm Tisch. U jedes Mal bstellt er es Ballöndli Rote u stuunet aaschliessend ufe See use. I di Harmonie, i di Rueh, i di Vollkommeheit. Das isch für ihn öppis Herrlechs. Usem gheizte Ruum use, em Trybe dusse ufem See zue z luege u der chalt Winteraabe a der Wermi z gniesse, das isch für ihn öppis Wunderbars. Hie isch er mit sich u mit syre Wält im Fride.

Vo hinde schlärpelet ganz langsam es alts Froueli zu ihm a Tisch. Är kennts nid. Hets no nie gseh. Es lächlet. Luegt ufe alt Stuehl ache, u luegt de ihn aa.

119

Lächlet wider. Är nickt. Z säge brucht er nüüt. Es versteit ne. Umständlech pischtets sech ganz langsam ufe Stuehl ache. Är gseht, wie erliechteret das es isch, wos hocket. O äs luegt lang übere See use. Säge tuets geng no nüüt. Uf ds Mal drääits langsam der Chopf u luegt läng uf sys lääre Glas übere. Du lüpfts der Chopf u luegt ne aa. D Stirnrunzele büschele sech fyn u d Ougsbraue göh i d Höchi. Är nickt wider. O das Mal het er verstande. Wo ds Froueli gfragt wird, was es möchti trinke, zeigts langsam mit em halb-gstreckte Zeigfinger uf ds lääre Glas, het d Hand uf u streckt näbem Zeigfinger no der Duume i d Höchi. Wider es Lächle. Das Mal nid zu ihm.

U du wider der läng Blick, use ufe See.

O ds Gsundheitmache geit wortlos. Wenig Regig vom Maa, hindere zogni Muulegge vom Froueli.

D Möve flüge sturm ihrer Kreise. Näbelfätze mache sech überem Wasser breit. D Sunne isch am Horizont aacho. Wie wes ihre nid drum wäri, a so eme-ne schöne Tag scho müesse ga z lige, hanget si no e Momänt obe ufem Grat u sänkt sech nume langsam der Nacht zue.

Lang hocke si da, di zwöi alte Lütli. Gniesse d Stil-li. U nippele zwüschyne gnüsslech a ihrne Gleser. Si be-trachte enand. U sy nümme verläge, we si aa-gluegt wärde. Nümme so wie früecher, wo me sech het ertappt gfüehlt, we eim öpper gmuschteret het. Si näme enand so zur Kenntnis, wie si sy.

Är macht sech syner Gedanke, über di alti, rächt elegant aagleiti Frou. Si treit e bruune Pullover u a ihrem lingge Ringfinger stecke zwee Ringe. Früecher

het si älwä Ohrepänk treit. Hütt gseht me i de Ohre-
läppli nume no Aazeiche vo Löchli. D Haar sy wyss,
gstabelig u dünn. Aber pflegt. U schön gstrählt. Nu-
me ds Halstuech wo si treit, wott nid i das Bild passe.
Wie ne zämegflickte Rägeboge lüchtet das Band vo
ihrem runzelige Hals. Glaarig. Es würkt wie ne
Frömdkörper zu ihrer pflegte, elegante u fyne Art.

D Frou macht sech Gedanke übere grau, handglis-
met Pullover, wo der Maa anne het. U über ds hutfar-
bige Hemmli. Chli eitönig, dänkt si. Chli eifach.
Faad, fasch. Di wenige Haar sy churz gschnitte un är
isch suber rasiert. Buechhalter? Ömel de fyne Händ
aa scho. E Liebe, sicher. Das gseht si i syne weiche,
warmhärzige Ouge. Är treit ke Schmuck. Nid emal e
Ring. Nume en alti Uhr hanget amene schwarze Lä-
derbändeli um sys lingge Handglänk.

Der Maa chnüblet im Hosesack u zieht e Naselum-
pe füre. E schön Zämegleite. Är faltet ne usenand u
putzt umständlech sy Nase. Lutlos. Du nimmt er dä
Lumpe u faltet ne so, wien er ne usenand gno het, wi-
der zäme. Pflichtbewusst.

Mittlerwyle sy d Gleser läär. D Möve sy i der
Nacht verschwunde u o vom Bootli isch nümme z
gseh. Sogar d Näbellyreni hei sech i d Nacht yne ver-
schloffe.

Der Maa chnüblet Münz us sym alte Gäldseckel
use. Ds Froueli macht kener Aastalte, o z zahle. D
Bedienig nimmt ds Gäld für drü Ballöndli.

Si hocke no es Momäntli still da u luege i d Nacht
use.

Langsam fat ds Froueli aafa rangge. Drääit sech

vom Tisch wäg u chnorzet vom Stuehl uf. Mit der lingge Hand stützts sech uf d Stuehllähne.

O der Maa steit langsam uf. Gmeinsam träppele si zum Garderobeständer hindere. Zersch leit der Maa sy Mantel aa u drückt e dunkle Huet uf sy Chopf. Der Haggestäcke hänkt er a lingg Ellboge. Ds Froueli wartet. Won er ihm sy Mantel häre het, schlüfts zersch mit em rächte Arm i ds Ermelloch u probierts nächär mit em Lingge. Es isch halt nümme so beweglech. Drum misslingt dä Versuech. Der Maa zieht ihm der lingg Arm chli hindere, u so geit di Aalegerei du problemlos. Nume ds Rägebogetuech git ne no z chnüble.

O ds Froueli het e Stäcke. E elegantere. Eine us dunklem Metall. Mit emene silberige Quergriff obe druffe. Di linggi Hand schliesst sech um dä u drückt ne fescht. O der Maa stützt sech mittlerwyle uf sy Haggestäcke.

Die zwöi Lütli luege enand aa u lächle. U du setze si sech mit chlyne Schrittli i Bewegig. Em Usgang zue.

«Schöni Wiehnachte», wünscht d Bedienig. Der Maa lüpft sy Huet. Är luegt nid zrugg. Churz vor der Tür lächlet ds Froueli der Maa aa u stüpft ne ganz fyn a Ellboge. Är nickt nume u lächlet o. Lüpft stolz sy Chopf. Ds Froueli hänkt sech langsam i sy Arm y, u gmüetlech träppele di Zwöi der Nacht zue.

Wyteri Büecher vom Ernst Hunziker:

Unglych
(Der erscht Krimi mit em Fahnder Flück)
Seebad isch es chlyses, idyllisches Dörfli i der Umgäbig vo Interlake. Dert stöh drü Hotel. Zwöi sy i Betrieb. Ds Dritte söll nächschtens wider eröffnet wärde. E nächtleche Brand zerstört aber das Gebäud. Isch es Brandstiftig, oder sy die beide andere Hoteliers a däm Brand beteiliget?
 E zuesätzlechi Ufgab füre Fahnder Flück. Dä hätti eigetlech gnue eigeti Problem z löse: Eine vo syne Mitarbeiter fallt us u dr Ersatz wo ihm sy Vorgsetzt organisiert het, macht ds Ganze nid eifacher. Zum Glück cha der Fahnder am Aabe für d Tällspieluffüehrige ga probe. Dert chan er i ne anderi Rolle schlüffe u der Alltag vergässe. Oder doch nid ganz?

E leidi Gschicht
(Der zweit Krimi mit em Fahnder Flück)
Z Seebad isch gschosse worde. Schynbar hets e Person preicht. So bhouptets ömel e Bewohner vom Cholchosehuus. Der Fahnder Flück findet aber wäder e Täter, no es Opfer. Derfür merkt er, dass i däm Huus nid alli so nätt zunenand sy, wie si ihm vorspile. Won er gspürt, dass d Bewohner o d Lüt vom Nachbarhuus usgränze, wirds für e Fahnder kompliziert u gnietig.
 Gnietig isch es aber o privat. Sy Frou het Chnörz mit sich sälber. U o bi sym Hobby, em Tällspiel, louft nid alls so, wies der Fahnder gärn hätti.
 I däm Krimi wird mit Mönsche gspilt. Darf me das? Oder isch das unakzeptabel? Die Frage stelle sech em Fahnder i dere spannende Gschicht, zwüsche Thuner- u Brienzersee.

Unspunne
(Der dritt Krimi mit em Fahnder Flück)
Ds Alphirtefescht, wo Stadt u Land söll verbinde, isch vorbereitet. D Teilnähmer u d Bsuecher chöme langsam i Feschtluune. Nume wenegi wüsse, dass die fridlechi Stimmig tüüscht. Sys d Béliers wo – einisch meh! – Unspunne

wei missbruche, für politisches Kapital drus z schla? Oder stecke anderi Chreft derhinder?

Wo im Tällspielareal während ere Uffüehrig gschosse wird – u zwar nid nume mit em Täll syre Armbruscht – droht däm eigetlech fridleche Fescht sogar der Abbruch.

Didgeridoo www.

Didgeridoo:
Als Fahrer vom Poschtouto, wo zwüsche Spiez u Äschiried verchehrt, kenne ne die Yheimische. Aber wär isch eigetlech dä hilfsbereit u liebeswärt Mönsch würklech? Die Frag stelle sech d Lüt leider ersch, wo öppis ganz Unerwartets gscheht.

www.:
Ds Internet bietet hüt verschidenschti Müglechkeite, enand lehre z kenne. Die Glägeheit näh o „listen" u „multiple" wahr. Was aber, we die Beide meh möchte als nume mitenand chatte? Was, we si sech persönlech möchte gägenüber stah?

E nid alltäglechi Gschicht zwüsche Wimmis u Schwarzeburg.

Allergattig

Ds Läbe schrybt bekanntlech allergattig Gschichte. Zum Bispil läbigi, kuurligi, kritischi oder o spezielli. Vo dene brichtet das Büechli. Es sy nid wältbewegendi Gschichte wo da verzellt wärde. Wil ds Läbe sälber ja o nid wältbewegend isch. Es sy Churzgschichte wo zum Nachedänke, zum Chüschte, zum Gniesse u mängisch o zum Grediuselache sölle aarege.

Si sy dür mängs Jahr dür entstande. Un es isch erstuunlech, wie zytlos vili Gschichte i dere schnällläbige Zyt bblibe sy.

Erhältlech sy die Büecher im Buechhandel.
Wyteri Informatione über e Outor u über sys Schaffe überchömet dir uf der Websyte: www.ernsthunziker.ch